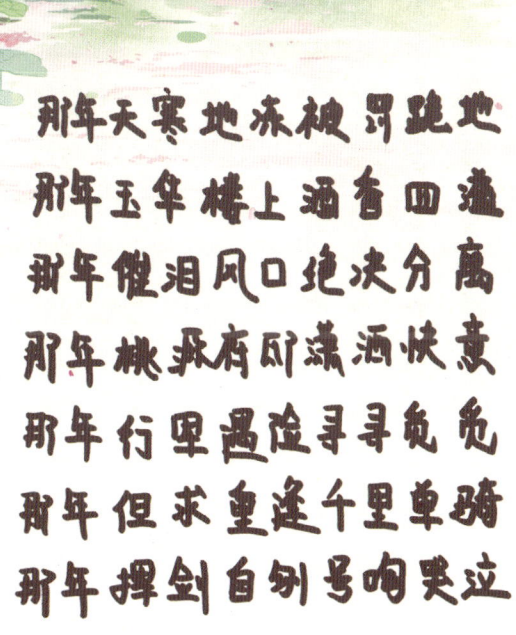

那年天寒地冻彼弓跪地
那年玉伞楼上涵雪回温
那年怄泪风口绝决分离
那年桃花府邸潇洒快意
那年行里遇险寻寻觅觅
那年但求重逢千里单骑
那年挥剑自刎号响哭泣

伊依以冀。

山河予君安 2

伊依以翼 著

长江出版社
CHANGJIANG PRESS

图书在版编目（CIP）数据

山河予君安.2 / 伊依以翼著. -- 武汉：长江出版社，2025.1. -- ISBN 978-7-5492-9915-7
Ⅰ.I247.5
中国国家版本馆 CIP 数据核字第 20249CU378 号

山河予君安.2 / 伊依以翼 著
SHANHE YU JUN AN

出　　版	长江出版社
	（武汉市解放大道 1863 号）
出版统筹	曾英姿
特约编辑	黄　欢　胡　蓉　蒋戴泽
市场发行	长江出版社发行部
网　　址	http://www.cjpress.cn
责任编辑	陈　辉
印　　刷	湖南天闻新华印务有限公司
版　　次	2025 年 1 月第 1 版
印　　次	2025 年 1 月第 1 次印刷
开　　本	880mm×1230mm　1/32
印　　张	8
字　　数	200 千字
书　　号	ISBN 978-7-5492-9915-7
定　　价	46.80 元

版权所有，侵权必究。如有质量问题，请与本社联系退换。
电话：027-82926557（总编室）027-82926806（市场营销部）

目录

第一章　当局者迷　001

第二章　黄粱一梦　023

第三章　替罪羔羊　039

第四章　重回故土　066

第五章　故人重逢　109

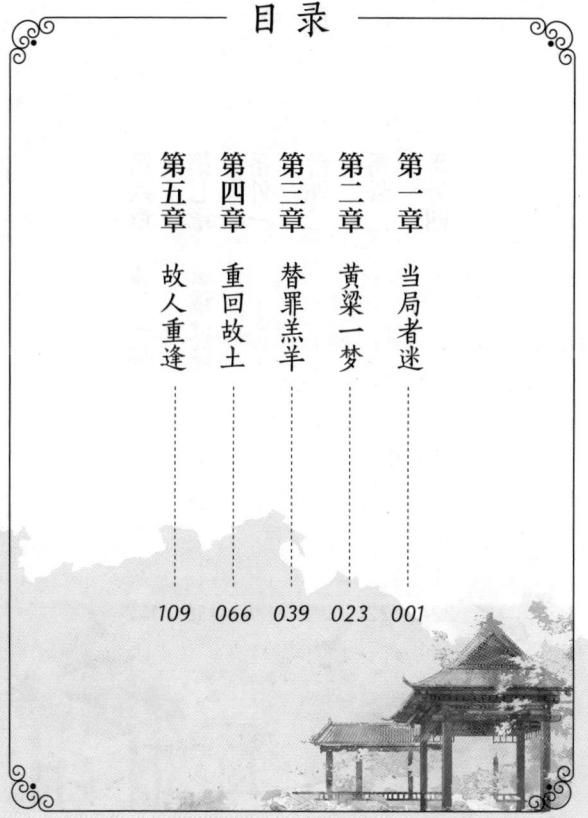

目 录

第六章　孤注一掷 … 132

第七章　云谲波诡 … 158

番外一 … 178

番外二 … 212

番外三 … 221

番外四 … 224

第一章 当局者迷

萧予安腾地站起身,又愣愣地坐回去。

太阳会西升吗?不会。

海水会倒灌吗?不会。

夏天会落雪吗?不会。

原著中的男主角会不"撩妹"吗?不会。

可是晏河清说他没有妃子,他竟然没有妃子?!

什么情况?!这本书已经变成实实在在的架空历史文了吗?!这样子对得起千千万万慕名而来的读者吗?!

对得起,当然对得起!

不过,晏河清岂不是一直孤零零的一个人?有点惨啊。

厢房外突然传来一声直破云霄的唢呐声,紧接着是热热闹闹的敲锣打鼓奏乐声——应当是新郎来接新娘了。

"走,走,走,我们吃喜酒去!"萧予安满脸笑意,和晏河清起身。

桃源村邻里和睦,一家摆喜酒,村里所有人都前来庆贺,是以宴席摆了足足十八桌,一群人喝酒划拳好不热闹。张白术硬是要灌醉萧予安,二人拿酒坛对着喝,谁也不服输,结果喝到最后都直接醉趴在桌上了。

总之,萧予安记得自己明明前一秒还在和张白术碰坛子,再睁眼就在晏河清的背上了。

"晏哥,你,你背我回去啊?"萧予安含混不清地问。

"嗯。"晏河清应道。

"你的伤怎么样?能行吗?要不你还是放我下来吧,我自己走。"萧予安嘟囔着挣扎。

晏河清停下脚步,说:"别动,我没事。"

"哦,好,好的。"萧予安乖乖地安静下来。

晏河清重新慢慢地往回走。

夜色苍茫,一场婚宴热热闹闹地散了场,大家都略感疲惫。东街小酒楼的老板本想直接打烊,谁知刚回去就看见酒楼门口站着五六名身着黑衣的男子。

有客自然就得接待,老板强打起精神招呼客人,为首那名男子低声说道:"老板,要几间上房。"

"好嘞!客官,您稍等!"老板露出笑容,起身去拿了几间上房的钥匙递给那几名黑衣男子。

为首那名黑衣男子接过道了声谢,便起身上楼。

酒楼老板打了个哈欠,刚要去歇息,一转身却见那名黑衣男子竟然不知何时出现在自己身后,吓得他连退了几步。

"老板——"那名黑衣男子拿出一张画像,举在老板面前,"你可见过此人?"

酒楼老板眯着眼睛看去,忍不住将画像底下的字念出来:"晏——河——清?"

桃源村本就不大,邻里之间也都互相认识,于是第二日,几乎整个村子都知道来了几名身着黑衣拿着画像到处找人的男子。

所以当那几名男子拿着画像敲开第一户人家询问的时候,张白术就已经跑去给萧予安通风报信了。

"三姨,三姨!"张白术推开大门,见三姨一个人在院内打扫。

"嗯?白术?你和参苓新婚宴尔的,怎么一大早跑这儿来了?"三姨拎着扫帚不解地看着他。

003

"萧予安呢？！"张白术跑得气喘吁吁的，双手撑着膝盖问道。

"予安和晏公子买米面去了。"三姨回答。

"哎呀。"张白术一拍大腿。

"咋了？年轻人，有事不能急，好好说。"三姨循循善诱，挥着手掌给人扇风。

"前头来了几个外地人，在找晏公子呢，我寻思着是不是债主、仇家什么的，来说一声。"张白术说。

"哟？"三姨瞪大眼，问，"几个人啊？凶不凶啊？"

"五六个，长得凶，人倒是不怎么凶，问话挺和气。但是你想啊，萧予安捡到晏公子的时候，他可浑身是伤，倒在山涧呢！肯定是犯什么事或者冒犯到谁了！"张白术有理有据地分析道。

"哎呀，这可怎么办啊？"三姨急得原地踱步。

"三姨，你快告诉我他们去哪儿买米面了，我找找去。"张白术说。

哪知话音刚落，门口便传来叩门声："请问有人在吗？"

"哎呀，怎么这么快就问过来了！"三姨轻喊一声，丢了扫帚一拍大腿，开门也不是，不开门也不是。

"三姨，别急，刚好晏公子不在，你放心大胆去开就是。"张白术压低声音道。

三姨心想也是，连忙压下心慌，稳稳心神去开门。门口只站着一名黑衣男子，看起来应该是赶时间，一群人分头寻找。

那男子看着凶神恶煞，态度倒是温和，拿着一幅画像递给三姨看："请问，老夫人你见过画像上这个人吗？"

"没见过，没见过。"三姨瞥了一眼，赶紧偏头连连摆手。

"老夫人，你别急，仔细瞧瞧啊。"黑衣男子不依不饶地将画像往三姨面前递。

"哎哟,真的没见过啊。"三姨怕自己露马脚,慌慌张张地要关门。

"老夫人,再看一眼,就一眼。"那男子向前跨了一步,卡住门框。

"看什么呀?我也看看。"两个人之间忽然插进来一个脑袋,弄得大家一愣。

萧予安抱着米袋探头,看着黑衣男子手里的画像,惊奇地对身后喊:"晏哥,这画像上是你啊!"

张白术崩溃了,一巴掌盖在自己的额头上。

三姨一愣,连忙喊:"晏公子,快跑啊,快跑!"

黑衣男子反应更快,收了画卷,一个回头,直奔晏河清而去,然后在众目睽睽之下,"扑通"一声,给晏河清单膝跪下。

张白术:"啥?!"

三姨:"啊?"

萧予安:"咦?"

黑衣男子号啕大哭:"皇上!微臣可算找到你了!呜呜!你没事太好了啊!"

那男子哭得惊天动地,活脱脱像头在咆哮的熊。

晏河清勉强辨认出那张哭得扭曲的脸:"陈副将?"

"啊,啊,啊,皇上啊!"陈副将又一嗓子号了出来。

张白术难以置信地上前掐萧予安:"皇上?什么皇上?他是谁?你是谁?"

萧予安掰开他的手,一本正经地解释:"晏哥本名姓黄名尚,对,黄雀的'黄',尚可的'尚',不要大惊小怪。"

张白术愣愣地"哦"了一声,然后继续掐萧予安:"萧予安,你当我傻？糊弄我呢！"

而那边，晏河清让陈副将起身。陈副将站起来后一把鼻涕一把眼泪地给晏河清说了战况，然后又道："皇上，我们赶紧离开这里回去吧，前线的将士们都撑不住了，近日连连战败，您又生死不明，再这么下去，怕是要动摇军心啊。"

萧予安正和张白术嬉闹，听见陈副将的话突然一顿，抬眼望去。

晏河清问陈副将："落脚何处？"

陈副将回答："东街口的一家酒楼。"

晏河清敛眸，沉默许久才开口："你先回去歇息，明日再来寻我。"

"皇上，皇上？"陈副将想问为何，晏河清却不再多言，起身进屋。

萧予安望了一眼晏河清，疾步跟了进去。

张白术挠挠头，看着陈副将一边哭得稀里哗啦喊着"皇上没事"，一边往酒楼的方向走去，不明所以但知道是虚惊一场的张白术耸耸肩，也回了医馆。

哪知张白术刚走进医馆，却见张长松在和另一名黑衣男子说话。那男子四十来岁的模样，面容刚毅，身姿挺拔，此时正紧紧地握着张长松的双手，两个人皆是一副热泪盈眶的模样。

张长松见张白术回来，拿衣袖擦掉眼角的眼泪，对他招手："白术，快过来，见过你舅舅。"

而此时，萧予安推开厢房门，看见晏河清站在窗边，脸上仍然是那副淡漠、不问世事的表情。

萧予安不由得想：晏河清一心一意想要君临天下，红缨长枪，白马银铠，黄沙厮杀。数年过后，朗朗乾坤，盛世太平，那才是晏河清的归宿，也是这天下的归宿。

"晏哥，我就知道有人会来找你，你看把他们急的，刚好你的伤好得差不多了，行动也没有大碍，可以回去了。"萧予安笑着说。

晏河清侧过身，不说话。

萧予安没来由有些发怵，继续说："但你还是不能有大动作，好好养伤，不知你们军中大夫治伤的药够不够，我等会给你包一些带走吧。"

晏河清仍旧不说话。

萧予安也说不下去了，轻声说了一句"那你先休息，我去医馆看看"，转身就要离去。

"萧予安。"晏河清终于出声。

"啊？"萧予安一只脚跨出门槛，扶着门框转身。窗外凉风徐徐吹过，撩起晏河清的青丝和衣袂。

晏河清说："今夜早些回，我有话对你说。"

"啊？哦，嗯，好，好。"萧予安愣愣地点头，见晏河清再无话，便抬脚走出厢房。

午后，小院子的寂静时不时地被几声鸟鸣打破。三姨正弯着腰扫地，她也不着急，慢慢地扫着，扫帚一下一下地划过地面，发出轻轻的飒飒声。瞧萧予安走来，她疑惑地问："予安，你怎么了？"

"啊？"萧予安于恍惚中回过神来，"没，没怎么。"

三姨打量了他几眼，问："晏公子真的要走了？"

"要走了吧。"萧予安回答，"他也没什么好留在这里的，他有自己的抱负。"

三姨摇摇头，嘟囔几声，抬头见萧予安往外走去，奇怪地问："予安，你去哪里？"

"我去医馆看看，顺便拿点治伤的药回来给晏河清。"话说间，萧予安已经出了门，越走越远。

三姨忍不住对着他的背影喃喃自语："这傻孩子哟，说反了吧。"

萧予安漫不经心地走在路上，连迎面撞来的孩子都没看见。那孩子扎着冲天辫，穿着红肚兜，一下子撞在萧予安的腿上，估计是撞疼了，揉着红通通的鼻子作势要哭。

萧予安连忙蹲下身柔声细语地哄："哎，别哭，别哭。哪儿撞疼了，哥哥帮你揉揉？"

那孩子抽噎一会儿，拿小拳头砸萧予安："哥哥坏！不看路！给我道歉！"

——哟，这位小朋友，我看你很有当女主角的天赋，霸道总裁文要不要了解一下？

萧予安蹲着身子和他平视，笑着道歉："我错了，我错了，还疼吗？"

结果哄了半天，还不如一串糖葫芦省事。萧予安看着那拿着糖葫芦啃得欢快的孩子，心里默默地说道：我错了，我不该觉得你像女主角，你的物质欲望体现出了你是一个不做作的好孩子。

被萧予安一串糖葫芦就收买了的孩子啃着嘴里的山楂，扯了扯萧予安的衣角。

"嗯？"萧予安在他面前蹲下，问，"怎么了？"

"大哥哥，你是不是不开心啊？"孩子嚼着糖渣含混不清地问。

"是啊。"萧予安毫不避讳,笑着回答。

"那你为什么还在笑啊?"他不解地又问。

萧予安轻轻地揪着他的小辫子,来回晃:"因为不开心,所以才要笑啊。"

孩子露出迷惑的表情,一知半解地"哦"了一声,又问:"大哥哥,你为什么不开心啊?"

"因为大家都有自己的归宿和结局啊,好像只有我不知该去往何处。"萧予安弯眸回答。

孩子将最后一颗糖葫芦咬进嘴里:"那你让你娘带你去玩啊。"

萧予安揪他小辫子的手一顿,依旧在笑,只是轻了许多:"我娘太忙了,不能带我去玩。"

"那有人愿意带你去玩吗?"

"应该没有吧。"

"大哥哥,你好惨呀。"

"哈哈,我也这么觉得。"

萧予安伸手擦去孩子嘴角的糖渣,站起身:"不逗你了,我要去忙了。"说完和孩子挥手道别,往医馆方向走去。

哪知刚到医馆,里头突然传来一道严肃又急切的声音:"不行!我不同意!"

萧予安一怔,快步走入。

内堂里,张长松坐在木椅上,有一下没一下地捋着胡子似在思索。张白术站在他身旁,略有怒气。

平时都是张白术没个正形被张长松说,可眼下这情形,应当是出了什么不得了的事情。

"怎么了?师父?"萧予安看着二人,不解地问。

张长松摆摆手:"什么都别说了,我去意已决。"

"不行！那我代你去！"张白术一咬牙，一攥拳，不容置喙地说。

"你去什么？"张长松瞪他，"你才刚和参苓大婚，你们先把小日子好好地过起来！臭小子，就知道逞能！"

"爹，我这不是逞能！你才叫逞能，你说你都这把年纪了，腰有伤腿不好，在家养着不好吗？非要去过那苦日子？而且你去的话跟得上军队吗？"张白术愤愤地说。

"军队？什么军队？"萧予安适时插进话，追问道。

张长松叹了口气，给萧予安解释。

原来张长松的妻子竟曾是南燕国一位赫赫有名的将军之女。

当年才刚弱冠的张长松游历天下，沿途给人治病，悬壶济世，然后在南燕国皇城的街市上与妻子一见钟情，情定三生。

可张长松不过是一个寒酸穷大夫，连聘礼都拿不出手，南燕国的将军又怎么可能将女儿嫁给他？

两个人之间隔了千难万阻，张长松心疼妻子，不忍心看她受累，本想放弃，谁知就在他准备离开的那日，妻子从将军府偷跑了出来，拉着张长松的手说："我非要和你一起走！"

情深断肠，不可辜负，当夜张长松带着妻子准备离开南燕国远走高飞。将军发现后勃然大怒，派人把张长松的妻子抓了回来，还准备打断张长松的腿。

危急关头，张长松妻子的弟弟，也就是方才来找张长松的那名南燕国黑衣男子站了出来。他自幼就和姐姐亲近，如今看到姐姐受苦，当然不忍心，那时候的他年纪也轻，血气方刚，一下子怒意上头，反抗父亲放走了张长松和姐姐。

后来张长松带着妻子来到桃源村，过上了神仙眷侣般的生活。

再后来，妻子因病去世，他捡到了张白术，南燕国被北国铁骑践踏，之后南燕国又重新崛起，可妻子曾经的家人也没了消息。几十年的时间，所有的事情都被刻上了"世事难料"的字样，又被历史的车轮缓缓地碾压进尘土中。

"所以张白术的舅舅来寻你们认亲？这不是好事吗？"听完张长松的话，萧予安问。

"可是他想让爹去当行军大夫！"张白术攥着拳头怒喊。

"什么？"萧予安瞪大眼睛，问。

张长松咳嗽两声，不急不缓地说："也不是说当什么行军大夫，只是近日前线伤亡太多，所以去帮帮忙，这场仗打完我就回来了。他们也说了，俸禄不会少，而且大夫不用上前线，不会危及性命。"

"他们说不会就不会？打仗哪次不是死成千上万的人？万一他们没撑住，东吴国攻陷他们的军营，谁能保证不危及你的性命？不行，我不能让你去。"张白术的话又快又急，但是句句在理，字字清晰。

张长松执拗了大半辈子，此时也断不会因为张白术的话而改变心意："当初你娘和我能离开南燕国，全靠你舅舅，而且你娘在世的时候就一直说，这辈子唯一亏欠的便是你舅舅，如今我终于有了报恩的机会，怎么可能瞻前顾后？"

"报恩是吧？行，我知道。爹，你从小教育我滴水之恩当涌泉相报，这些大道理我也都懂，既然如此，我代替你去不也是一样的吗？反正他们就是缺一名大夫，我去不也是报恩吗？"张白术不依不饶。

张长松气得拿起身边的拐杖抽在张白术背上："你怎么就不想想参苓？你们刚大婚，就舍得让她独守空房？而且万一你出了什么事情，我怎么和参苓交代？"

"爹，你看你也担心会出事！既然你都知道有危险，那我怎

011

么可能答应让你去？"张白术据理力争。

张长松气得哆嗦地站起，高举拐杖又要打张白术。萧予安连忙伸手一把拦下，又扶着张长松坐回木椅上："师父，你别生气，张白术也是担心你。"

张长松一下子没了脾气，长长地叹了口气："我也知道是在担心我，但是这恩，不报不行啊。"

话音刚落，张长松猛地咳嗽起来。

张白术责怪道："你看看你自己的身体，还要去打仗呢。"说完便急忙跑去拿水。

萧予安忙给张长松拍背止咳，一个念头在他心底盘旋，慢慢地占据他的内心。此时此刻，他脑海里全是这一年来张长松对他的百般照顾以及张白术与他的手足情深。

若说报恩，他何尝不是欠着情呢？

"师父，你若是从军，何时才能回？"萧予安问。

张长松说："说是最长三个月就会让我回来，你说就这么短短三个月，我怎么可以拒绝？"

萧予安笑道："也是，我觉得这恩情还是得报。"

张长松说："对啊，你帮我劝劝张白术吧。"

萧予安又问："师父，你说我跟在你身边学了一年多，是不是已经可以独当一面了？"

张长松摆摆手："你不早就知道如何治伤了吗？小伤小痛也对付得来了，等等，你……"

张长松像是突然明白了什么，抬头看向萧予安，双目瞪得滚圆："你？你该不会是想……"

萧予安上前握住张长松的手，笑意温润似水："师父，我在你这里白学了一年，是时候交束脩了。"

萧予安临近三更才回去，虽然争论的过程比较久，但所有人都心知肚明，他代替张长松是最好的选择。

萧予安没忘记晏河清说这晚有事要同自己说，可都这个时候了，晏河清应该等不及先睡了，毕竟实在有事也可以翌日再说。

哪知他穿过小院，走近东厢房时，却发现屋内晃着明亮的烛火。他一怔，急忙走过去推开厢房门。

晏河清坐在木桌边，听见声响抬起头来。他应当是等了很久，蜡烛几乎燃尽，蜡油滴落凝结在烛台上扭曲干裂。

"抱歉，和师父说了些事情，没想到拖到这个时候了，你是不是等很久了？"萧予安连连道歉。

"没事。"晏河清看着萧予安，语气淡漠，但是指尖不安地轻轻点着桌子。

"你是有事和我说对吧？"萧予安坐下，笑道，"刚好我也有事和你说。"

晏河清有些诧异地微微挑眉："你说。"

萧予安摆摆手，比了一个你先的手势："不，不，不，还是你先说吧，你都等这么久了。"

晏河清点点头，声音平缓地说："好，那我先说。"

他抬起头来："萧予安。"

"啊？"见晏河清这么严肃，萧予安连忙正襟危坐，收敛笑意。

"你还记得在山上木屋中的事情吗？"

萧予安浑身一僵，他当真没想到晏河清会突然提及此事。

虽然回到桃源村后，两个人都不约而同地对那段日子闭口不提，但萧予安一直隐隐担心晏河清会来质问他为何要那样做。

看来，该来的还是来了。

萧予安在心里默默地想着解释的话，说："我知道你想问为什么我要……"

晏河清出声打断他："记得吗？"

萧予安像是怕激怒他似的，声音很轻地说："记得。"

萧予安本以为会在晏河清眼底看到被戏耍的怒意，谁知他一如既往淡漠。

晏河清说："那些日子，我没瞎，我知道那是你。"

萧予安："……"

萧予安用额头抵住桌子，趴着思考人生。

思绪仿佛一团杂乱的毛线，乍一看，理不清，剪还乱，但是只要找到线头，顺着一点一点地捋下来，就会发现明明一切早已清清楚楚地摊在面前。

比如他们在山上相处时，晏河清突然的态度转变。

萧予安长长地叹了口气，抬起头来，嗫嚅半晌才说："我……"

晏河清的神情淡然："萧予安，我明日就不得不走了，等收复东吴国后，我再回来找你。"

晏河清顿了顿，略微严肃地看着萧予安，语气变得又缓又平："但是若你不在桃源村，也没有给我留下任何远去的消息，那我一定寻遍天下，就算是掘地三尺也要把你挖出来。"

萧予安一时语塞："哇……哇哦。"

晏河清微微皱眉："哇哦？"

那，那，那他该说什么？

晏河清转移话题："对了，方才你想说的是什么事？"

萧予安蓦地想起什么，下意识地出声："啊——"

啊……他决定代替张长松去做军中大夫的事情，还……还能说吗？

萧予安想起之前在医馆还信誓旦旦地要张长松父子别担心，自己有"大腿"可以抱。

现在看起来……

"予安。"

萧予安正在屋内收拾行李，三姨拿着书信走近，见只有他一人，奇怪地问："晏公子呢？"

"他先去酒楼了，说是在那里碰头。"萧予安停下手中的动作，抬头问，"三姨，怎么了？"

"柳安和风月来信啦。"三姨将手里的书信递给萧予安。

萧予安接过书信认认真真地看了起来，然后惊喜地说："他们说淳归的病好得差不多了，下个月准备回来。"

"是吗？太好了，可是……可是他们回来，你却要走了。"三姨叹口气。

"三姨别担心，我也很快就会回来的。"萧予安对她露出一个安抚的笑容。

"三姨也不想担心啊。"三姨哀怨地说，"可是这征兵打仗，哪有不受伤不死人的？万一南燕国没打败东吴国，害了你可怎么办呀？"

萧予安握住她的手，轻轻地拍了拍："三姨放心，会打赢的。"

三姨不信："世事难料，你又如何知道？"

萧予安笑了笑，没有回答，而是说："三姨，等柳安和风月带着淳归回来，你千万别跟他们说我去军中当大夫了，你就说我去四处游历了。"

三姨不解，还以为萧予安是怕他们知道后会担心他的安危，于是应允下来："好，三姨一定守口如瓶。"

萧予安笑道:"谢谢三姨。"

三姨走上前,伸手替萧予安收拾行李。她一会儿觉得军中穿不好,塞了好几件自己缝的衣裳进去;一会儿又觉得军中吃不好,恨不得做出一锅美味佳肴让他带着;一会儿又担心他受累没个人照应,蹙着眉唉声叹气。

好不容易收拾好了萧予安的行李,到了该分别的时候,三姨嘴上虽不说话,脸上的表情却苦得不行。

萧予安说:"三姨,风月、柳安和淳归这一个月还没回来,你要是觉得无聊了,就去找参苓。参苓也同我说会每日都来看看你的。"

"好,好,好,去吧,去吧。"三姨推推萧予安,做了一个"去"的手势。

"那,那三姨,我先走啦。"萧予安道了别,往前走了几步,回过头发现三姨还站在门口张望。

萧予安转身小跑回去,三姨惊诧地问:"怎么了?忘带什么了吗?"

"三姨,我回来后要吃你做的红烧肉,还有烧花鸡和卤水鸭!"萧予安喊道。

"好,好,好。"三姨脸上总算有了笑意,"等你回来,三姨都做给你吃!"

告别三姨后,萧予安起身去了医馆。张白术正站在医馆门口张望,仿佛知道他会来似的,见他拎着行李,一副欲言又止的模样。

"做什么?一副婆婆妈妈的样子。"萧予安笑他。

张白术难得没和萧予安抬杠:"你一定要小心,这是打仗,可真不是闹着玩的。"

"放心,我知道。"萧予安拍拍张白术的肩膀,问,"师父呢?"

"在内堂呢。"

萧予安点点头,走进医馆。不算明亮的内堂中,张长松正在慢慢地捣药,听见脚步声,也没抬头,说道:"来了?"

"嗯,师父,我要走了。"萧予安笑着说道。

"此去务必万事小心,好好照顾自己。"张长松咳嗽两声,缓缓说道。

"好,那师父我先走了。"萧予安转身要走,张长松突然又喊住他:"萧予安,我本不想说晦气的话,但你记得,若是出了事,记得一定要让他们把你送回桃源村,就算你只剩一口气,我也能把你从鬼门关拉回来。"

"哎,我记牢了。"萧予安笑应了一声,对着张长松弯腰作揖,而后起身走出医馆。

张白术还在医馆门口蹲着,漫不经心地看着眼前咕噜咕噜冒汽的药罐。萧予安拿手肘撞了撞张白术的背:"张白术,我想当干爹。"

"啥?啥玩意儿?"张白术皱着眉回过头来,蓦地又反应过来,整张脸顿时烧得通红。

萧予安哈哈笑了两声,在张白术气急败坏的喊骂中,拔足狂奔而去。

萧予安背着行囊来到东街小酒楼,那几名来找晏河清的黑衣人正聚集在酒楼门口,各自安抚着身旁撅蹄子的马儿。

他之前询问过晏河清,这几名副将都认不得自己这张北国君王的脸,便大大方方地走了过去。之前哭得和熊一样的陈副将见他走来,挥舞着手臂热情地打招呼:"萧大夫,这里,这里!"

萧予安几步走过去,四处张望,奇怪地问:"晏河清呢?"

听见萧予安毫不避讳地直呼晏河清全名,几名将士蹙眉的蹙眉,咳嗽的咳嗽,转念一想,眼前人毕竟是自己皇上的救命恩人,还是以后的军中大夫,也就没多说什么。

"皇上说要去置办个物件,让我们在此处等等他。"陈副将热情地和萧予安解释。

萧予安点点头,偏头看了看几人身边的马,问:"没有马车吗?"

陈副将不好意思地揉揉后脑勺,说:"萧大夫,我们一个个归心似箭,就连这马都嫌跑得慢,怎么可能坐马车呢!"

萧予安无奈地笑着一摊手:"那完了,我不会骑马,要不你拿根绳子把我绑在马上,运到军营算了。"

"哈哈,萧大夫可真风趣,别担心,我载你就好了。"陈副将话音刚落,晏河清骑着白马从远处而来。几人见了,齐齐对晏河清行礼后翻身上马,准备出发。

"来,萧大夫,上来吧,我骑马稳,不会颠到你。"陈副将拉紧缰绳,侧俯下身,热情地对萧予安伸出手。

萧予安对他笑道:"不用了,我不害人。"

陈副将一愣:"这怎么会是害人呢?萧大夫是担心与我同骑会给我带来不便吗?万万不用担心这个,我驭马很稳!来,上来吧!"

说着陈副将又向萧予安招招手。

萧予安仍然笑着摇头,而后转身朝晏河清挥手喊道:"晏哥,我不会骑马!"

那人白衣白马,俊逸潇洒,晏河清听见萧予安的话,毫不犹豫地打马奔来。

晏河清在萧予安身前勒住缰绳。

萧予安朝他笑,翻身上马,而后策马扬鞭,绝尘而去。

等到将士们被远远地甩在后面，几乎看不见身影时，晏河清这才收紧缰绳放缓速度。他将缰绳递给萧予安，从怀中摸出一样东西。

萧予安还没反应过来，吓得一哆嗦。

"路！路！看路！"

"没事，速度不快，而且是平地。"晏河清轻声说。

萧予安愣怔，他手里的缰绳被晏河清重新接过，于是伸手将东西举在眼前端详起来。

是一张半脸面具，没有烦琐的装饰，雕琢出来的缠枝花纹沿着面具展开，恰好能遮住萧予安大半张脸，只露出下巴和嘴唇。这面具像极了街市上摆摊卖的玩物，但是做工相当精致。

"嗯？这是送我的吗？"萧予安摆弄着面具，戴了又摘，摘了又戴。

"这次南征东吴国，我叔父在北方巩固南燕国实力，所以没有跟来，但是我不清楚南燕国会不会有其他人认得你，所以……"

晏河清话音未落，萧予安便笑着开口："我懂，我懂，多一事不如少一事。"

马儿奔过平坦大道，来到相对崎岖的小路，颠簸起来。晏河清说："你若是觉得戴了不自在，也可以不戴，不会有人再伤害你了。"

"没有，我挺喜欢的，谢谢。"萧予安将面具戴上，调整了一个舒适的角度，转头要给晏河清看。

晏河清说："你别转头。"

萧予安头转了一半，连忙又转了回去。

沉默半晌，萧予安闷闷地问："晏哥，你有没有考虑过出书？"

"什么书？"

"新总裁语录三百句。"

"什么？"

"没什么，没什么，嗯……我好像突然又想唱歌了！晏哥，能不能让马儿跑快一点？"

晏河清双腿一夹马腹，忽而扬鞭，马儿仰首嘶鸣一声，飞奔起来。

萧予安清清嗓子就开始唱："……对酒当歌唱出心中喜悦，轰轰烈烈把握青春年华！"

然后萧予安就被崎岖的山路颠得快吐了，喜悦有没有唱出来他不知道，胃真的要被唱出来了。

数日后，南燕国军营里传遍了皇上平安归来的好消息，而军营里也多了一位萧大夫。

路途遥远，舟车劳顿，晏河清回到军队后，几乎没有歇息就开始整顿军队风气，忙得脚不沾地。

萧予安也不得闲，虽然近日没有与东吴国对阵，但军营里到处是伤员。

是以赶到军营的第一日，下马以后两个人就再没碰过面。萧予安在军帐替人包扎敷药忙到半夜，忽闻帐外传来脚步声。

"萧大夫，萧大夫。"陈副将从帐外探着脑袋喊道，"咦？萧大夫你为什么要戴面具啊？"

萧予安一只手抓着药，一只手拿着盆，嘴里还叼着纱布，根本没空理他，朝他挥挥手里的东西后继续给受伤的将士治伤。

陈歌走过来，挠挠头问："萧大夫，要不要帮忙啊？"

萧予安将纱布塞进他手里，指着伤兵的伤口："扎着！扎紧了，止血。"

"哦,好。"陈歌连忙遵他嘱咐,二人手忙脚乱了好一阵。

陈歌擦擦汗说:"这也太辛苦了,之前听闻东边镇子有位妙手回春的女大夫,也不知将军他们能不能请来。如果能,萧大夫,你应该会轻松一些吧。"

萧予安也累得不行,坐在地上有气无力地收拾着带血的棉布,听见陈歌的话,问:"那名女大夫是不是叫白芷?"

陈歌惊诧道:"对,对,对,萧大夫是怎么知道的?"

"她不会来了。"萧予安收拾完棉布,开始擦自己手上的污血。

"啊?萧大夫何出此言?"陈歌不解地问。

因为原著里她是你们皇上哄来的,现在你们皇上不喜欢人家姑娘,她何必大老远跑这军营来吃苦?

陈歌疑惑地问:"为何萧大夫如此笃定那位白芷大夫不会来呢?"

萧予安朝他笑笑,没回答。陈歌见他像是洞悉了一切似的,连连发问:"萧大夫是不是知道能请她来的方法?"

"知道是知道,要是从前,我不但会告诉你如何请,我还会帮忙一起劝你们的皇上去请她,但是现在不行。"萧予安笑道。

"皇上?要皇上去请吗?为何不行?"陈歌听得丈二和尚摸不着头脑。

"因为旁观者清,当局者迷。"萧予安仰面一躺,瘫着休息。

陈歌想了半天,憋出一句:"萧大夫讲话真是高深莫测。"

"对了,你来找我做什么,不可能是特意来帮忙的吧?"萧予安扭头问。

"哎呀,对了。"陈歌一拍脑袋,"瞧我这记性,重要的事情反而忘了干净,是皇上让我来带你过去。不过萧大夫,你今日都这么辛苦了,要不我去和皇上说说?有什么事情,明天再谈也不迟。"

萧予安笑问:"你说说就有用?你们皇上这么好说话?"

陈歌夸张地挥手,毫不吝啬自己的称赞:"我们皇上虽然手刃敌人从不手软,看着无情又冷冰冰的,却是位明君!下属的进谏都会认真地听!"

"这些事我以前就知道了。"萧予安撑着腰站起身。

"以前?等等,萧大夫,你去哪里?"陈歌见他起身往帐外走去,连忙跟上。

"你们皇上不是要见我吗?"萧予安撩帘往外走。

陈歌愣愣地摸摸脑袋,脚步匆匆地跟上。

第二章 黄粱一梦

陈歌尽心尽责地将萧予安送到军帐外后抱拳离去，外头的守兵通报过后，萧予安掀帘走进。

晏河清正坐在帐中看兵书，面前矮桌上放满了地形图和进谏的折子，看样子也是忙碌了一天。

萧予安摇摇晃晃地走过去，仰面扑在毡毯上，有气无力地摆摆手，含混不清地说："我累得胳膊都抬不起来了。"

晏河清瞧了他一眼。

萧予安给自己揉胳膊，强打起精神问道："你喊我来是有什么事吗？"

晏河清看着他说："你是不是很困？"

"困。"

"那不急，先睡。"

萧予安木讷地"哦"了一声，站起身就要往帐外走去。

晏河清的视线依旧放在兵书上，头也没抬地问："你去哪儿？"

"回去睡觉啊！"

晏河清指指自己身后内帐里用兽皮棉被搭成的暖和床褥："睡这儿。"

萧予安眨眨眼，再眨眨眼，说："晏哥，不是我不愿睡这里，你这儿可比我那满是血腥气的军帐舒服多了，可是如果我睡这里，你睡哪里？"

"分两张床。"

"晏哥，今天是不是无论如何，我都得睡这里了？"

晏河清"嗯"了一声。

晏河清不再打扰他，吹灭放在矮桌上的烛火，借着帐外透进来的月光继续看兵书。

萧予安虽然已经困得话都说不利索了，但感到光线暗了之后，还是念叨起来："你把……灯点上，我……我睡得着，你……你别把眼睛看坏了……点，点上。"

晏河清不点灯，他就一直念叨，等到帐中有了烛火的光亮后才停下。

第二日清晨，萧予安醒来后发现军帐里空荡荡的，晏河清不见踪影。

萧予安觉得奇怪，戴上面具走出军帐，发现整个军营都显得空荡荡的。他揪住一个驻扎的守兵问："你们皇上呢？"

"萧……萧大夫？我们皇上今早率兵亲征了。"守兵说。

"这么急？！可他身上还有伤啊！"萧予安喊道。

"啊？打仗有伤不是常有的事吗？"侍卫被萧予安吼蒙了。

萧予安这才发现自己有些激动，忙掩唇咳嗽，低头摆摆手，没再说什么，抬脚走进伤病将士休息的军帐。

接下来的数十日，不断地有伤兵送来，大多只是流血，幸运的是受点刀伤、箭伤，不幸的就缺胳膊少腿，还有人直接没了性命。

萧予安从开始一闻血腥味就恶心，再到如今已经变得麻木。一次军帐中送进来一名脸被削得能看见下颌骨的士兵，萧予安拼了老命还是没能将人从鬼门关拉回来，只能眼睁睁地看着那人痛得死去活来，最后没了气。

那名士兵的尸首被人用白布包裹运出去后，萧予安忍不住掐着喉咙在帐外吐了一会儿酸水。给他搭手帮忙的小兵拍着他的背，担忧道："萧大夫，你没事吧？"

萧予安摆摆手，拿清水漱口、净手后，拍拍那名小兵的肩膀，语重心长地说："下辈子要是当了总裁，做慈善的时候记得多支持医疗体系。"

小将士一脸茫然:"啊?什……什么?"

萧予安还没缓过劲来,帐外有人边跑边喊:"大夫,救救他!你快救救他,大夫!"

"这……这边。"萧予安吐得声音有点虚,干脆闭嘴,指挥人把伤兵放下,拿着纱布和药上前准备止血时却一愣,"陈副将?!"

陈歌的右肩被利箭贯穿,腹部也中了一箭,眼下失血过多昏迷中。萧予安不敢怠慢,上手开始取箭头,谁知东吴国的箭头带钩,不割开血肉根本取不出,他只得咬牙用上了刀。

约莫实在太疼了,陈歌中途竟然醒了过来,然后就开始喊。萧予安的耳膜险些被他喊穿,不得已只得狠狠给人一记手刀,将人劈晕过去,把身边帮忙的小兵看得一愣。

陈副将第二次醒来的时候,第一句话就是:"别劈!我有话说!"

萧予安正给他做最后的包扎,扬扬下巴示意他有话快说,陈副将便立即喊道:"这场仗马上就要结束了!我们快赢了!啊啊啊——疼啊!真疼啊!"

萧予安揉着耳朵,毫不犹豫地又给了人一记手刀。

陈副将第三次醒来时已是三更半夜,意识清醒后刚要喊,就被萧予安一把捂住嘴:"别喊,都在睡。"

陈歌环顾一圈,发现周围躺着的都是酣睡的伤兵,只好忍下疼痛哼哼唧唧:"萧大夫,你这下手也太狠了,打得我脖子都扭了。"

萧予安说:"你应该庆幸你刚才没喊出来。"

陈歌缩缩脖子,问:"萧大夫,你怎么不睡啊?"

萧予安满脸疲惫,抬手指了指旁边一名年纪轻轻的小兵。那人身上缠满了布，看着可怜。

萧予安说："他在发烧，要不停地换额上的湿布降温，我得看着。"

陈歌说："萧大夫，你这么辛苦，皇上回来会责怪你的。"

萧予安先是一怔，而后笑道："为什么这么说？"

陈歌说："我跟随皇上征战这么久，很多事情都清楚。皇上以前如果不是伤到站不起来，从不会叫军医，都是自己熬熬就过去了！而且，他从前带兵打仗都会不要命似的冲在最前面，恨不得阎罗王早点收下自己的命，这几次竟然懂得惜命了！"

萧予安搓布的手一顿，怔了许久才将布叠成豆腐块敷在小兵的额头上："行了，行了，你别说了。"

"不行，我得说！"陈歌不依不饶地继续说。

萧予安脸上堆着笑，抬起手作势要给陈歌一记手刀。

陈歌缩起身子喊："我是伤患！伤患！"

萧予安佯装手一挥，吓得陈歌赶紧闭嘴。见他终于安静下来，萧予安不解地问："你说你这么怕疼，为什么要来当兵打仗？"

陈歌不好意思地说："其实我也知道虽然我长得五大三粗的，但是性子挺尿的，当年不是北国攻打南燕国吗？我一家人全被那帮浑蛋杀了，他们看我好像有点力气，想抓我去当壮丁，后来我被薛严将军救了下来，就一直跟随他。之前真的是整日整夜都在想着如何报仇，现在北国被皇上收复，感觉就没那么恨了。"

萧予安笑："你是不是恨死北国的皇上了？"

陈歌一拍腿："那肯定恨啊，当年他们的铁骑践踏我们的土地，放火抢掠，一个活口都不留啊！都是一群畜生，历代北国皇上都不是好东西！"

萧予安又问："那你觉得我怎么样？"

陈歌说:"萧大夫是我见过的最温柔的人!"
然后陈歌就再次被这位他所见过的最温柔的人用手刀给劈晕了。

陈歌再次醒来的时候,是被一阵欢呼声吵醒的。他眼冒金星地问:"啊?怎么回事?"
有人在他耳边喊:"前线打赢了!大部队已经过去了!我们明日就动身!"
"哦!"陈歌跟着欢呼了一阵,扭头四处寻人,疑惑道,"咦,萧大夫呢?"
有人答道:"不知为何,皇上一打完胜仗就连夜快马加鞭赶回,让几名将军在前线驻扎着,刚才萧大夫问皇上有没有受伤,问完后就匆匆去寻皇上了。"
晏河清的肩膀被利刃划了一道口子,虽然已经包扎过,但是萧予安嫌弃包扎得粗糙,正给他重新上药。
萧予安端来一盆干净的清水,替晏河清擦去伤口上干涸的血迹和粘连的污浊:"疼吗?"
晏河清微微低头:"不疼。"
萧予安笑道:"疼我也没办法,忍着吧。"
晏河清说:"有办法的。"
萧予安说:"啊?你是说用草药敷着止疼啊?那玩意儿效果不明显,之前我给陈歌敷过了,他还是喊得和杀猪似的。"
萧予安低头认认真真地给晏河清清理伤口,上好药,用白布包扎好。
军帐里火光轻晃,影影绰绰。
"报!"一名士兵突然掀帘跑进来,抱拳单膝跪地,"黄……黄将军求见。"

晏河清:"请将军进来。"

将士说了一声"是",然后连滚带爬地奔出了军帐。

黄越将军掀帘弯腰走进军帐的时候,见晏河清一本正经地端坐在矮桌前,一名戴着银色面具的男子低着头双手端盆往外走。

黄越忍不住打量了他几眼:"哦?您就是萧大夫?"

萧予安抬起头:"嗯?是我。"

"近日战况胶着,您辛苦了,只不过为何要戴着面具?莫不是模样见不得人?"虽是初次见面,黄越语气中的责难却半点不掩饰。

萧予安还未回答,晏河清先冷冰冰地开口:"黄将军,何事来报?"

黄越不再为难萧予安,忙上前向晏河清禀报战事。萧予安趁这空当,端着盆走了出去。

等将盆里的水泼了后,萧予安蓦地想起什么,嘟囔了几声"黄将军",转头问守军帐的小兵:"小哥,请问一下,方才进去的是黄越将军吗?"

得到肯定的答复后,萧予安微微蹙起眉头。

在原著里,黄越是一名自认为不得志的将军。身为南燕国的将军,他恃才傲物,狂妄自大,一直觉得自己是皇上身边最得力的干将,谁知半路杀出一个李无定。

黄越打心眼里瞧不起叛国的李无定,哪知晏河清却极其器重他,事事都与他商量后再定夺。

这些事让黄越越发怀恨在心,而让他彻底"黑化"的契机,是晏河清在收复四国、一统天下后,把大将军之位给了李无定。

敌国的将军突然压了自己一头,黄越表面上没说什么,暗地里却偷偷地勾结党羽,准备谋权篡位。

结局自然是被晏河清一剑取下首级,以失败告终。

这位大兄弟以一人之力将这部小说后半部分的剧情又稍微拉回了历史小说的正轨上,虽然他死得极其可笑,但这种牺牲自我,提高境界的精神还是十分值得尊敬的。

读者为了表达对这位将军的敬意,在评论区里刷了整整三页。

萧予安抱着盆,想着现在李无定不在,黄越没那么憋屈,至少不会再"作妖"了吧?

此时军帐中,黄越正在和晏河清分析眼下的局势:"皇上,虽然此次大获全胜,但是没有捉到敌军的主将,我认为应该乘胜追击,来一个全歼。"

晏河清蹙着眉:"这次获胜有些过于轻易,我担心有诈。"

"皇上,万万不可犹豫啊!"黄越劝道。

晏河清揉揉眉心:"我再想想。"

黄越无法,只得告退。他走出军帐,等候多时的副将迎上前:"将军,如何?皇上要追逃兵吗?"

"哼!"黄越一脸不屑的模样,"皇上真是优柔寡断,斩草不除根,必定有后患。对了,你留意一下军营里新来的那名大夫,我总觉得他的身形和北国废帝有点像,而且还戴着面具,一副见不得人的模样,定是有问题。"

"什么?可如果他是北国废帝,皇上怎么可能认不出来?"副将瞪大眼睛。

黄越双手背在身后,故意拖长语调,意味深长地说:"怕就是因为认出了才留在身边,当初皇上可是……总之你注意一下,若真是北国废帝蛰伏在此,趁机报复,那可就大事不妙了。"

副将抱拳表示自己知道了。

黄越挥挥手："多看着他点，好了，去休息吧。"

副将应了一声，转身往自己的军帐走去。月黑风高，军营里此时的守卫不多，副将忽而环顾四周，见无人后，悄无声息地疾奔出营。约莫跑了一盏茶的时间便寻见一参天古树，他从怀中摸出一块布，咬破手指用血匆匆写了什么，然后埋在树下，又起身马不停蹄地跑回军营。

萧予安回到伤兵休养的军帐中，陈歌瞪大眼睛不可思议地问："萧大夫，你怎么回来了？你今晚难道不应该在皇上的军帐里吗？"

萧予安一巴掌拍在他的伤口上，听着他的惨叫，才笑着说："我不回来谁给你换药？"

陈歌喊："啊，啊，啊，萧大夫啊！我不求你给我换药啊！我只求你别拍伤口了！"

闹腾归闹腾，安静下来后，萧予安细心地替陈歌换起了药。

第二天，萧予安去寻晏河清，谁知战事意外有了转折，晏河清正在与几位将军商议。

起因是斥候发现了东吴国残党的踪影，说他们正在往东吴国用作下一道防线的几座城池撤退。如果消息属实，只要率领精兵紧追，就能不费吹灰之力一举破敌。

但也有将军觉得这几次的战事太过顺利，疑心有诈，应当谨慎行事，一时间军帐里吵翻了天。

萧予安自然不可能在这种时候去打扰晏河清，只得转身离去。原本守在军帐门口的黄越的副将微微眯眼，不动声色地跟了上去。

军帐外，伤势已经基本无恙的陈副将正在扭腰摆手活动，见到萧予安回来忍不住问:"萧大夫,你怎么回来了,不是去找皇上了吗?"

萧予安耸耸肩摊摊手:"晏哥在忙,没见着人。"

陈歌欲言又止,一名小兵从军帐里跑出,见到萧予安一把拉住他:"萧大夫,你在这儿啊!可算找到你了,有人的伤势加重了,你快去看看吧。"

萧予安不敢怠慢,连忙赶去。原来那名士兵的愈合能力极差,天气又比较炎热,伤口没有结痂反而化了脓,所幸不是很严重。萧予安喊人拿来烈酒,给那人的伤口清理了一番,几经折腾后,受伤的人是没事了,萧予安自己弄了一身脏。

萧予安拿了干净的衣裳和木盆,打算去军营半里外的小河清洗,副将级别以下的将士不可擅自离开军营,萧予安拿着晏河清的手谕,大摇大摆地出了军营。

忙了一日,转眼又是月明星稀的时候。萧予安解开衣裳摘下面具,掬起一捧水洗净脸颊,又舀着河水往身上倒,慢慢适应略凉的水温。

广寒微凉,落下莹白月光,河面上波光粼粼,被萧予安弄出圈圈点点的涟漪。水声哗哗,他并未注意到身后草丛里传来的异样轻响。

黄越的副将疾步赶回军营,一群将军从白天商讨到了晚上,总算有了个结果,副将俯身在走出军帐的黄越耳边说了几句话。

黄越闻言瞪大双眼,领着他来到无人的地方,问:"你可看清楚了,当真是北国废帝?"

副将笃定地点点头:"黄将军,你说,要不要把他……"

"不可,皇上绝对不会允许的,而且明日皇上要亲自去追逃兵,不能在此时出岔子。"黄越蹙眉,摸摸下巴,轻声说道,"还是等这次击破东吴国后,再和薛将军商议此事。"

副将不知为何眼睛忽然一亮,连忙低头压下心绪,谨慎地问:"黄将军,明天皇上要去追逃兵?"

"对,皇上打算率领一支精兵,悄无声息地进行偷袭,就算有诈,也可以打得对方措手不及。我觉得皇上还是太谨慎了,敌军已是残兵败将,何必费尽心思?"黄越说。

副将抱拳:"还是将军高明,高明,高明。"

他连说了三个高明,每说一次,头就低一分,音调却高一分,尾音亦拖长一分。

"好了,先去休息吧,北国废帝的事情,还是等这次征战结束后再说。"黄越摆摆手,转身离去。

副将弯腰抱拳,送走黄越后,趁着夜色正浓四下无人,起身再次往军营外古树的方向而去。

这次古树底下埋了一块残布,副将借着月光看见上面写了一个大大的"撤"字。

惨白的月光坠下,副将阴鸷地笑了笑,咬破手指,写下:勿忧,已有替罪羊。

夜半水凉,萧予安正哆哆嗦嗦地浸在小河里洗澡。他匆匆忙忙将自己搓干净,便半走半游地往岸边放衣裳的地方而去,结果走到岸边,发现一只猴子正探头探脑地绕着他的衣服转。

萧予安笑着往猴子旁边投了颗小石子想要吓跑它:"我的衣服又不是食物,那么好奇干什么?"

那猴子吓了一跳,冲着萧予安嘶吼了一声,然后拿起他的一只鞋用力甩进了河里。

"哎!"萧予安喊了一声,转身要去捞鞋,一个没抓住,鞋子顺水飘远。

那猴子还在岸上发出威胁的尖叫声,萧予安冲它一抱拳:"你凶,凶不过你。"

鞋子没了一只,难不成要单脚跳回军营?萧予安头疼地走上岸,伸手要去拿衣服,谁知那猴子突然一把抱起地上的衣裳,而后发出怪叫声往树林的方向跑了。

萧予安愣了足足半秒,才拔足追去:"喂!站住啊!"

远处走来一人,萧予安当是来洗澡的人,本没在意打算继续追猴子,结果扭头眯眼一看,立时转身扑通一声跳进河里。

晏河清:"……"

萧予安钻出河面,摸了一把脸上的水珠:"晏哥,猴子抢了我的衣服!快,快,快,帮我追!"

晏河清顺着他指的方向看去,已经过去好一会儿了,哪还有猴子的影子。

他轻咳一声,解下自己的外衣递了过去,语气不容置喙:"上来,水冷,先穿我的。"

萧予安犹犹豫豫地上岸,接过晏河清的外袍,速度极快地披上,又火急火燎地往军营方向走:"走,走,走,回去找衣服穿,冷死了。"

晏河清几步赶上萧予安:"别急,没鞋当心伤脚。"

萧予安说:"好,突然有点怀念现实生活里的自己。"

想起西蜀国那名容貌与自己一模一样的王爷,萧予安忍不住晃神。

晏河清看了他一眼,问:"冷吗?"

萧予安回过神来:"冷?好像是有点冷。"

萧予安从河里出来的时候没擦身上的水,晏河清的外衣穿在身上毫不意外湿透，贴在皮肤上，被夜风一吹，还真有些凉飕飕的。

萧予安快步向军营走去，几名巡逻的小卒目瞪口呆地看着湿漉漉的萧予安。

萧予安看天看地轻咳两声，对着他们喊："洗澡的时候衣服被猴子抢走了，你们什么眼神？"

晏河清带萧予安往自己的军帐方向走去，萧予安"咦"了一声说："晏哥，我暂时歇息的帐子不是这个方向。"

晏河清"嗯"了一声，脚步却没有停顿。

萧予安说："我知道你想让我去你的军帐，可是我的衣裳在我自己那里，你总得让我拿几件衣裳吧？"

晏河清低头看着他："穿我的。"

"你的衣裳，我穿不合身。"

"嗯，我知道，穿我的。"

萧予安无奈道："行，行吧。"

晏河清将萧予安带进军帐里，让他坐在毛毡上。萧予安拿已经湿透的外衣胡乱擦干身子，边抖边钻进毛毡里取暖。他抬头看见晏河清在给自己拿衣裳，便问："晏哥，是陈歌告诉你我在水潭的？"

晏河清"嗯"了一声，拿了套干净的中衣和一件素白锦衣来给萧予安。萧予安接过衣服问："晏哥，你上次是不是有事情没来得及和我说？"

"现在说。"晏河清从内帐一处较为隐秘的地方拿出一个小木箱，打开。木箱里垫着红色绸布，绸布上躺着一支通体透白的玉笛，玉笛缀着的红穗子略显老旧。

萧予安刚把中衣穿上，手里还拿着外袍，此时因为惊讶而微张着嘴。

他送玉笛给晏河清的情景历历在目。

晏河清从木箱中拿出玉笛,问萧予安:"听吗?"

萧予安不假思索:"听!"

晏河清点点头,将玉笛放在唇边。那年街市万家灯火,笛声无人知,后来他孑然一身,笛声无人识。

一曲吹罢,晏河清拿下玉笛,反手翻转笛子,将笛孔的部分朝向萧予安,一言不发地递了过去。

"啊?是让我试试吗?"虽然疑惑,但萧予安还是伸手接过玉笛,有模有样地学着晏河清双手持笛放在唇边,结果半天都没吹出声音来。

萧予安无奈地看向晏河清。

晏河清正色道:"萧予安,我总觉得这一切都是黄粱一梦。"

萧予安喉咙一哽。

晏河清继续道:"那日在北国分别之时,你走得那样决绝,我反而觉得就该如此。"

萧予安感觉内心瞬间五味杂陈。

他沉默半晌,抬头笑着,试图打破沉重凝结的气氛:"晏哥,你明早是不是还要领兵打仗?"

晏河清点点头。

萧予安打了个响指,说:"那这样吧,等你回来后,我们好好把之前所有的事情都说清楚,如何?"

晏河清回答得极快:"好。"

第二日,萧予安赶了个早醒来,本想远远地看一眼沙场点兵,感受一下是何等气魄,谁知他们披星戴月就出发了,只得悻悻而归。

接下来的几日,萧予安照常替人治伤,神色自然,似乎与往常没有差别。

但是陈副将觉得自己有话说。

很多话要说！

陈副将欲言又止，最后忍不住支支吾吾地开口道："萧大夫啊，我是右肩有伤啊，你为什么要把药抹在我的手臂上啊？"

萧予安镇定自若，不慌不忙地把药改涂在他的肩膀上，说："药多，任性，涂满十次肩膀送一次手臂。"

陈歌说："萧大夫，你别担心，皇上马上就回来了。"

萧予安笑道："我不担心啊。"

晏河清可是有主角光环的人，他担心什么？

陈歌龇牙咧嘴："萧大夫，我伤的是右肩不是左肩，你还说你不担……"

萧予安拿药一把按上陈副将的伤口，一声惨叫立刻传来，直接打断了他后面的话。

外头突然匆匆跑进一名小卒，掀开帘子就说："陈副将在吗？！黄将军急召！"

"怎么了？"陈歌站起身。小卒脸色煞白，额头冒汗，跑过来附在陈歌耳边说了几句话。

在一旁收拾药罐的萧予安隐隐约约听见"皇上""前线"等字眼，不由得抬头看向他们，却见陈歌的脸色蓦地变得铁青。

"怎么会这样？！"陈歌连招呼都顾不上和萧予安打，就跟着小卒匆匆奔出了军帐。

陈歌上半身赤裸，肩膀上还缠着带血的布，就这么冲进黄越将军的军帐里。军帐里还有几名将军和副将，他也顾不上什么礼仪，抖着声音喊："怎么回事？什么叫小队中了敌军埋伏，皇上殒命？哪来的消息？不经过确认就谎报军情可是大罪！"

黄越的脸色也很差，对着陈歌呵斥："陈副将，我喊你过来，不是让你来大呼小叫的！给我冷静下来！"

陈歌依旧激动，挥舞着手臂喊："这让我怎么冷静？！什么叫皇上殒命？到底哪里传来的消息？！"

旁边有其他将军上前拍了拍陈歌的肩膀，让他平复心情，随后阴沉着脸解释起来。

原来晏河清率领着一支小队，本想偷袭东吴国的残兵败将，谁知敌人之前弃城而逃根本就是障眼法，一切都是为了让南燕国放松警惕。敌人像是知晓他们全部行动一样，早早埋伏在晏河清必经之路，本是偷袭的小队进入了敌人的包围圈，瞬间被对方十万精兵围堵。

陈歌听得浑身哆嗦，不知所措，深吸了好几口气才缓过来："为什么不派兵去支援？！"

黄越摇摇头："已经来不及了，拼死逃回来的士兵说他眼睁睁地看着皇上摔落山崖，已经……已经……"黄越重重地叹了口气，"皇上已经中了敌人的埋伏，现在派兵过去太过冒险，会造成不必要的伤亡。"

在场好几名将军都长长地吐了一口气，每个人脸上都是震惊、悲愤、哀伤的表情。

一名将军黑着脸咒骂了一句："我们军营里有奸细！"

"奸……奸细？"陈歌不可思议道。

黄越紧紧咬着牙，下颌紧绷，许久才开口："我应该早就……各位无须担心，我已经知晓奸细是何人，也定不会放过他。请各位先振作精神，我们还有几场恶仗要打，你们万万不可颓废，当务之急是先想想如何稳定军心，皇上的事情，我先禀告给薛将军，如何处理我们再做定夺。"

第三章　替罪羔羊

暮色苍茫，萧予安在军帐替最后一位受伤的小卒包扎好，便出门清洗带血的棉布。谁知他端着盆刚走出军帐，就有两人逼近，语气不善地问："你就是萧大夫？"

"是我。"萧予安疑惑地应道，"怎么了？"

一句话说完，萧予安想起什么，掩唇轻咳一声问："皇上回来了吗？他要见我？"

两人对视一眼，其中一人道："黄将军召见。"

黄将军？黄越？他能有什么事情找自己？

萧予安虽然一头雾水，但还是放下手里的盆，擦干净刚才因为治伤而沾染血污的手，跟着两人来到黄越的军帐。

两人没有跟进去的意思，而是冷着脸让萧予安进军帐。

萧予安莫名其妙，掀帘走入。

黄越背着双手站在军帐中央，听见声响转过身来，见到萧予安，微微蹙起眉打量他脸上的银色面具，良久徐徐开口："北国废帝，藏得可真深啊。"

冷不丁被喊出这个称呼，萧予安一时间还没有反应过来，开口轻"啊"了一声。

黄越见他目光里隐隐约约透出迷茫，不由得冷笑一声："北国废帝该不会打算装傻充愣吧？不知皇上告知你南燕国偷袭行动的时候，你是不是也这般好演技？"

"皇上？晏河清？晏哥怎么了？什么偷袭？"萧予安缓过神来，一步上前追问。哪知黄越突然发难，一巴掌挥来，直接掀飞了他脸上的面具。

知道应当是自己身份暴露了，萧予安曾经也预料过这种情况，此时虽然心里不舒服,但表面还算镇定,匆匆弯腰想去捡起面具。

黄越一步上前,毫不犹豫地伸手扼住了萧予安的喉咙,强迫原本弯腰的他直起身子直视自己。

萧予安蹙眉握住黄越的手腕,阻止他发力,目光忍不住移向地上的银色面具。

黄越眯眼打量着眼前之人,听闻北国曾经的废帝长得不似人间样貌,如今见到,当真是眉眼似画的谪仙模样。黄越冷笑一声:"皇上也不过是被人蒙蔽的凡夫俗子。"

萧予安收回目光,蹙着眉冷冰冰地直视黄越:"我知晓你身为南燕国将士厌恶北国的一切,既然如此,你有什么话冲着我来,背地里偷偷折辱别人有意思?"

"折辱?"黄越手上微微发力,"将敌国废帝藏在身边,不顾南燕国的家国仇恨,不顾那些因为北国而家破人亡的将士和百姓,更不顾先帝血泪白骨埋残土,这些难道就不是皇上的屈辱了吗?皇上这是当了北国一时的侍从,一辈子的傲骨都折断了啊,真是可悲……可……"

黄越话音未落,萧予安突然发力,扭了黄越的手,然后狠狠一拳招呼在他脸上,打得他脸一偏,半张脸顿时火辣辣地疼。

黄越一愣,他当真没想到看起来毫无还手之力的北国废帝竟然会出手,一时间被揍了个猝不及防。

"你知道什么?!"萧予安一把揪住黄越的领子,怒气冲冲地喊道,"晏河清在北国经历了多少欺辱凌虐你知道吗?那些事情放你身上你能保证你不崩溃?可是他熬过来了!南燕国如今的崛起难道不是他在努力吗?他什么时候忘过天下、忘过南燕国了?你凭什么这么说他?"

既然已经撕破脸,黄越不再装模作样,直接出手。北国君王

041

的身子太弱，黄越又是个将军，萧予安应付了几招，终究还是被对方踩在脚下。

黄越毫不留情地脚下发力猛踩了两下，而后踩上萧予安的头。

萧予安的胸肺被踩疼了，猛地咳嗽起来。他刚要挣扎，听见黄越冷笑着说："北国废帝，你的目的已经达到了，无须再演了，瞧瞧你还在做此等模样，真不知皇上在九泉之下知晓会是何种心情？"

被黄越踩在脚下的萧予安忽然停止了挣扎，他浑身一僵，又面露不屑，放声狂笑起来，仿佛听见了一个天大的笑话："九泉之下？晏哥殒命？讹我呢？！"

黄越懒得纠缠，一脚狠狠踹上萧予安的小腹，将他踹得滚出老远，又喊了军帐外的士兵。

那一脚极重，萧予安被踹得生疼，小腹里像是有把钝刀在搅动，不得不按压住小腹，倒在一旁吸气缓解疼痛。

疼痛还没消失，萧予安已经被人架到关押俘虏的地方，用绳索绑了双手，整个人吊了起来。

也不知过了多久，萧予安双眼发花，觉得阵阵恶心从小腹一点一点往喉间蹿去，双手被绑的地方被绳索磨得生疼。

忽然外头传来脚步声，萧予安抬眼看去，却不是他想见之人。

陈歌缓步走来，站在他面前，脸色苍白，斟酌了一下措辞，许久才开口："萧大夫，你……你真的是北国废帝？"

萧予安笑了一下，没回答。

是又怎么样？不是又怎么样？就算他想做自己，所有的孽和罪不是依然在他肩上吗？

陈歌见他不回答，慢慢地抽出腰间长剑，低垂着眼眸追问："萧大夫，回答我，你真的是北国废帝吗？"

萧予安依旧不言不语，陈歌的表情有些崩溃，他单手抱住脑袋，语调急切地说："萧大夫，你当真是他们说的奸细吗？你为什么不辩解一下呢？你说话啊，你哪怕摇摇头都行啊！"

萧予安嘴角扬起一丝苦笑，缓缓道："你若是不信我，我说什么有用吗？你若是信我，还需要我说什么吗？"

陈歌愣愣地放下抱头的手，踌躇半晌，直直地盯着萧予安的双眸，慢慢地举起手里的长剑，银光闪烁，刺眼得让人无法直视。

陈歌紧紧地捏着剑柄，因为内心挣扎他的手隐隐发抖。终于还是做出了决定，他深吸一口气，将剑猛地落下。

只见剑光一晃，萧予安手上一松，往地上摔去。陈歌收起剑，伸手扶了他一把。

萧予安回过神来，略微惊讶地看着陈歌："你……"

"萧大夫，虽然我不知道你是不是北国废帝，但是这几日你为南燕国将士治伤我都是看在眼里的，你分明是真心的，我们南燕国将士不是忘恩负义之人，这里面一定是有什么误会。"陈歌认真地说。

"我……算了……"萧予安拿掉手上的绳子，慢慢地揉搓着手腕上的红痕。

"萧大夫，这地方你不能留了，黄越将军认定你是奸细，明天估计就会下达处置你的军令，门口的守卫已经被我支开了，你还是快走吧。"陈歌催促道。

说着陈歌就要前头带路，领着萧予安离开这个是非之地，哪知突然被他一把抓住了胳膊："我不能走，晏哥呢？他什么时候回来？有前线的消息吗？"

陈歌的神色瞬间变得复杂，他深吸了一口气，嗫嚅半晌，还是什么都说不出，只得道："萧大夫，你别问了，快离开吧，再不走就来不及了。"

联想之前黄越说的话，萧予安意识到前线定是出了什么事情，抓着陈歌的手不肯松，追问道："怎么了？到底发生了什么事？"

陈歌被追问得实在没法子，只好犹犹豫豫地开口："皇上……他……他出了点事。"

萧予安双手按住陈歌的肩膀，把人扳正："他受伤了吗？伤得很重吗？他现在是不是昏迷了？"

陈歌深吸一口气，耗尽十二分的勇气才脱口而出："萧大夫！皇上殒命！我们军营中出了奸细，皇上率领的小队中了埋伏，全部……"陈歌死死地捏着拳头，脸色煞白，再说不出一个字。

没有预想中的震惊，没有意料之中的否认，陈歌见萧予安微微张着嘴，慢慢地收回放在自己肩膀上的手。

好似许久才理解了陈歌的意思，萧予安咽了口气，又深呼吸两下，这才抬头看向他："不会的，晏哥不会死的。"

"晏哥一定是遇到事了，我得去找他，他是在哪里中的埋伏？你告诉我。"萧予安的声音依然隐隐在抖，却又强自镇静。

"萧大夫……"陈歌的语气三分无奈七分悲哀。

"要不你给我指个方向也行，你告诉我我该往哪里走。"萧予安边说边往外走去。

"反正我在此地已留不得，你给我指指，东南西北哪个方向？晏哥真的没死，你信我，他不会死的，他现在一定是出事了，说不定他身受重伤在某处动弹不得，只能等人去找他。"萧予安说着说着渐渐哑了嗓子，见陈歌站在原地无动于衷地看着自己，不停地说，"陈歌，你只要告诉我哪个方向，我自己去……"

"萧大夫，你别……别这样……"陈歌揉乱自己的头发，最后狠下心说，"好吧，和你说实话，有很多将军都不信皇上殒命。"

陈歌从怀里摸出一张羊皮卷，上面潦草地画着周边地势，他摊开地图，拿手指着一个点："皇上是在这处落崖的，但是这处断崖地势并不高，底下还有数处山洞，我们都说活要见人死要见尸，在没见到皇上的尸体之前，我们是不信皇上殒命的。可黄将军顾忌大部队去寻会遭到敌人围堵，因为敌军还在附近埋伏着，所以与其派大部队浩浩荡荡地前去，不如独自出发去山崖下搜搜，不容易引起敌人的注意……萧大夫，你去哪里啊？萧大夫，你别急啊，哎，你别扯我，好，好，我不废话了，走了。对了，你不会骑马是不是？我载你，等等我想起上次……好，好，好，我不说了，我们赶紧出发。"

暮色深沉。一处山洞前，数名将士正拿着火把一寸一寸地搜索。在确认无果后，一人飞奔出山洞，在一骑马的将军面前单膝跪下："禀报杨将军！这处山洞也没有看见敌国皇上晏河清的踪影！"

杨厉业皱起眉，冷声问："都找过了吗？每寸土每根草，如果有遗漏的，你这脑袋就别放脖子上了，放地上给马儿当球踢算了。"

那跪地的士兵攥了攥双手，回答道："回杨将军，都找过了。"

"好，下一个山洞，我们继续找。"杨厉业说着拉紧马的缰绳，掉转马头离去。

他身边有副将驭马上前低声问："将军，说不定这南燕国皇上摔落悬崖后被野狗分食了，尸骨无存呢？"

那人话音未落，便被杨厉业一马鞭抽在身旁，顿时冷汗涔涔，连忙闭嘴。

杨厉业睨他一眼，说："就算那南燕国皇上被野狗啃得只剩一只手指骨，也把那手指骨给我找出来，昭告天下，再好好地挫骨扬灰。废话少说，加快搜查速度。"

说完，杨厉业忽然看到前方有一具南燕国士兵的尸体靠在山崖边。

这山崖上刚经历了恶战，此时见到尸体也没什么好大惊小怪的。杨厉业面无表情地骑马走过，忽而一马鞭抽向那尸体，尸体摇摇晃晃地倒下，顿时横陈在路上。他故意拉过马儿的头，让马踏过那具尸体，随后露出一个心满意足又极度瘆人的微笑，领着东吴国的大军，继续在山崖附近找寻南燕国皇上晏河清的身影。

远处，两个黑影隐藏在枝繁叶茂的大树上，远远地眺望着。一人见到杨厉业的所作所为，忍不住骂了一句。

等东吴国的军队走远后，两个人从树上爬下来，陈歌边爬边说："这东吴国是不找到皇上不罢休，之前被皇上打怕了吧？好不容易埋伏成功一次，竟然赶尽杀绝。萧大夫，我们得赶在他们之前找到皇上啊。"

"嗯。"萧予安点点头。

"后面的山洞他们都找过了，我们得往前赶。"陈歌爬下树，打算从山间小道绕到东吴国大部队前头去，对于这条路线萧予安没有什么异议。

两个人经过那具被践踏的尸体时，不约而同地停下脚步，那南燕国将士的尸体被马蹄踩得已看不清长相。陈歌长长地叹了口气，将尸首往无人的小路拖去，又随手刨了个坑。怕萧予安等得着急，陈歌转头看了他一眼，见他点点头这才放下心来，将尸首放了进去。

萧予安俯身拜了一拜，抬起头来看见那人手里紧紧握着一块木牌——应当是姓名牌。他伸手从那人手里扒拉出那块木牌，想让陈歌带回南燕国军帐，这样至少还有人知道这位士兵是为国战死，而不会落个抛尸荒野、无人识骨的凄惨下场。

陈歌拍拍手上的灰尘，问萧予安："他叫什么名字？"

萧予安借着月光看着手中的木牌，这么一看，呼吸一窒，双眸骤缩。

"萧大夫，怎么了？"陈歌看出他的不对劲，奇怪地问道。

萧予安的胸膛急剧地起伏着，半天说不出一句话来，只得将木牌递给陈歌。陈歌奇怪接过，见木牌上写了几个模糊但能勉强辨认的字：后方，洞顶，救皇上……

二人对视一眼，忙向方才东吴国将士搜过的山洞奔去。

那山洞不大，幽暗潮湿。陈歌行动迅速地做了一支简陋的火把照亮整个山洞，可是洞内一眼望去除了碎石杂草什么都没有。

"洞顶……洞顶……"萧予安喃喃着往洞的上方看去。这处山洞是地下水冲刷而成，洞顶坑坑洼洼，洞坑里照不进火光，漆黑一片，看着令人毛骨悚然。

"晏哥！你听得见我说话吗？晏哥，你在吗？！"萧予安双手环在嘴边，高声喊着。他的声音回荡在山洞里，一遍一遍，却仿佛石沉大海，无人回应。

"萧大夫，你说那木牌上写的'洞顶'二字，是不是有什么别的意思？"陈歌在墙壁上四处乱敲。他将山洞敲了个遍，失望地发现这个山洞的石壁全是实心的。

陈歌转过身想和萧予安商量一下，却见他一言不发地抬头望。

"萧大夫？"陈歌走过去，"你有什么发现……"

陈歌一句话未说完，突然被萧予安用力一按肩膀整个人不得已蹲了下去。

"托我上去。"萧予安说得肯定，不容置疑，一脚踩上陈歌的肩膀。

陈歌一边发力一边道:"萧大夫,你小心啊,这里头那么黑,我看了都怕,是不是上面就到顶了啊?你会不会碰到头?"

萧予安往上一跃,钻入上方洞中。洞中比他想象中的要宽敞,可是整个洞口几乎垂直,他只能靠双臂的力气撑着自己,一不留神没撑稳,从洞口摔了出来。

"哎!"陈歌没反应过来,就见萧予安重重地跌倒在地上,扬起一片尘土。

萧予安撑起身子,根本来不及打理自己,一言不发又把陈歌往下按。陈歌无奈,只得再次把他托入洞中,这次他摆成一个能用巧劲的姿势,一点一点地往前挪去。陈歌高举火把,替他照着洞口:"萧大夫,小心点啊。到头没有,是不是石壁啊?会不会撞头?"

不过一会儿,陈歌就只能勉强看到萧予安的脚踝了,而后突然听见他"啊"了一声,再然后他整个人消失在了洞里。

"萧大夫,你怎么不见了?这也太可怕了,你听得见我说话吗?你应一声啊!"陈歌高举着火把来回晃,死死地盯着洞口。

"听得见!我没聋!"洞顶传来萧予安的声音,隔着石壁,听起来遥远又空洞,"陈歌,你在底下接……"

陈歌不明所以地问:"接……接什么?"

一双脚出现在洞顶的洞口。眼前的情景太过诡异,陈歌脱口一句"我的亲娘啊",然后丢了手里的火把高举双手去托举那人。萧予安大约是撑不住了,陈歌刚托住,那人的重量瞬间压下,把他压了一个猝不及防,摔倒在地,强行做了一次人肉垫子。

"疼疼疼!娘嘞!"陈歌下意识地伸手去推身上的人,突然愣住,瞪大双眼,"皇上?"

话音刚落,萧予安从洞口跌下来,重重地摔在地上滚了两圈。他也顾不上疼,一个翻身过来将刚才从洞顶落下的那人扶住。

萧予安的手在抖，失神地喃喃几声，又深吸了一口气强迫自己镇定下来："晏哥，是我，你听得见吗？我找到你了。"

"皇上，皇上怎么样了？他……他还……"陈歌说不下去了。

"他还活着。"萧予安解开晏河清的衣裳开始简单处理他的伤口。

晏河清脸色苍白，因为失血过多而陷入昏迷，脉搏和呼吸都极弱。萧予安替他做了简单的止血处理，又解下身上的外衣裹紧他，陈歌见了连忙照做。

"我们得赶紧把他带回军营。"萧予安说完，陈歌二话不说将晏河清背了起来："萧大夫，事不宜迟，我们走。"

萧予安点点头，拿上火把和陈歌走出山洞。哪知两人刚出洞，远方火光一晃，传来杂乱的脚步声。

萧予安惊得连忙扑灭火把，和陈歌再次退回洞中，屏住呼吸隐藏在黑暗中，大气不敢出。

外面的人声隐隐约约传入洞中："杨将军真的是相当谨慎啊，前面山洞还没找完就让我们再来找一次。"

"你说我们真的要一晚上都耗在这里？"

"听说杨将军已经做好了不找到绝不罢休的打算。"

"虽然烦闷辛苦，但是杨将军这么做我也能理解，毕竟斩草要除根，反正附近已布满天罗地网，那南燕国皇上插翅都别想飞。"

"好了，好了，你们别闲聊了，抓紧时间行动，等等杨将军还会亲自回来，要是被看到在偷闲，脑袋可就不保了！"

外头顿时安静下来，只剩忽远忽近的脚步声。

山洞黑暗，陈歌咬着牙，压低声音说："萧大夫，怎么办？我们躲进洞顶？"

萧予安担忧道："洞顶藏不住三个人，而且东吴国不知什么时候退兵,晏哥现在的情况熬不了太久。"

洞外灼热的火光驱走月光,若有似无地晃进山洞。两个人紧紧地贴着石壁大气不敢出,好在东吴国的士兵只是在洞外寻觅,没有留意洞中的情况。

"不行,再这样下去会被发现的。"陈歌咬牙放下背上的晏河清,"我去把他们引开,然后你带着皇上逃!"

陈歌说着就要往外冲,被萧予安一把抓住胳膊拦下:"引开?"

陈歌咬牙:"对,萧大夫,等洞外没了火光没了声响,你就立刻背着皇上往东去,不要回头,不要停留!"

萧予安看着他,平静地说:"我去。"

陈歌立即出声,语气又急又气:"萧大夫!我怎么可能让你去?!你……"

"陈歌,你应该也明白黄越想要我的性命,晏哥还在昏迷,保不住我,我根本回不了南燕国的军营,回去估计也是死路一条,是以晏哥只能由你背回去。陈歌,你是明白人,好好想想,是不是这个理?"萧予安冷静地分析,语气淡定,甚至让陈歌觉得有一丝憋屈。

"我……"陈歌想要辩解,却说不出话,气得一拳敲在自己脑袋上,连连骂了好几句脏话。

萧予安看着晏河清:"陈歌,我得麻烦你一件事。"

萧予安试图扬起笑容,嘴巴却发苦。他抿了抿嘴唇,吸了口气,缓了缓才说:"如果……如果晏哥清醒之前,都没有我活着的消息……"

"萧大夫?!"

"都没有我的消息,你帮我写封信,晏哥不认得我的笔迹,所以你不用担心,信上的内容写……"萧予安顿了顿,"你写信告诉他,我走了,我之前没离开全是因为可以无忧无虑地享受荣华富贵,现在身份暴露,所以我选择离开。"

陈歌哽咽难言:"萧大夫,非得这样吗?皇上他……他……"

萧予安抹了一把脸继续道:"你一定要写得决绝一些,最好表现出我的厌恶,告诉他我不会再让他找到我,让他走好他的阳关道,我自有我的独木桥,我一直向往闲云野鹤的生活,他却是帝王命。陈歌,拜托你了,务必把这些话全部写进信里,并且转告给他。"

陈歌一拳砸在石壁上,将手砸得通红:"萧大夫,我……我知道了。"

"我去了。"远处传来隐隐约约的马蹄声,萧予安不敢耽搁,匆匆起身往洞外跑去。

一步,两步,三步……萧予安的脚步犹豫。他站在洞口望着洞外,暮色苍茫,月朗星稀,霜降旷野。他向前迈了一步,一阵冷风刮过,吹不去孤寂阴冷。

萧予安回头看了一眼,突然转身冲出了山洞。

像极了一出悲欢离合的戏剧,最后宾客散场余下一片落寞,台上的角儿却不依不饶地摆着身段唱着自己的故事,挥舞着衣袖咿呀不停。

唱得那般余音绕梁、不绝于耳,可惜却无人听,无人识,无人知。

"杨将军!后方抓到一名可疑之人!"东吴国将士正在搜查前方的山洞,后面突然有士卒匆匆来报。

杨厉业"啧"了一声:"只有一人?"

"回将军,是的。"

杨厉业摸摸下巴说:"先把那人带过来,再派人去抓到他的地方仔细搜一搜。"

士兵得了命令，忙起身照办。不一会儿，一名双手被绑的男子被扭送过来，士卒一脚踹上那人的膝盖，将人踹跪在地。

杨厉业翻身下马，弯腰伸手掐住那人下巴，左右扭了两下，借着火光打量，随后意味不明地"哼"了一声："长得这般细皮嫩肉的模样，倒也不像士卒。你自己说吧，你是谁？"

萧予安故作害怕模样，低着头抖如筛糠："回大人，小的只是附近的村民，不知何事冒犯了大人，还请大人饶命啊！"

杨厉业收回手站直身子，在萧予安身边来回踱步："哦，村民啊，据我所知，这附近的村子因为打仗可全搬空了。小兄弟，你说你一普通百姓，大晚上跑到战场来做什么啊？"

萧予安依旧低着头："回大人，小的本想去西蜀国避难，偶然路过此地，没想到造成了天大的误会啊！"

杨厉业停下脚步，赞同地点点头："嗯，有理有据，可你避难，怎么没带着亲人？"

萧予安说："大人，小人就自己一个，一人吃饱全家不愁。"

"成，成，成。"杨厉业挥挥手，"既然如此，那就给个痛快吧，我的刀呢？"

萧予安将头埋得更低了："给个痛快？大人这是什么意思？"

杨厉业笑眯眯地点点头："小兄弟，你放心，我一刀就能毙命，你不会感到什么痛苦的。"

身边有副将拿刀过来，小声地询问杨厉业："杨将军，万一这人真是村民呢？"

"村民又怎么了？宁可错杀一千也不能放过一个！"杨厉业面露不屑，阴笑着说，字字歹毒，声声狠戾。他接过刀，忽然听见有人来报。

"禀报将军，我们没在那附近发现其他异常！"那将士刚单膝跪下禀告完，就被杨厉业踹了一脚。他面露凶相，破口骂了一句，吼道："你们是不是听见这人闹出动静，就全追过去了？"

那将士被踹蒙了，虽然回答得及时，但声音有些抖："回……回……回将军，我们以为是……是南燕国敌军，所以……"

杨厉业骂了句脏话，回身疾步走到萧予安面前，深吸一口气蹲在跪着的萧予安面前，又换成带笑的嘴脸："小兄弟啊，村民是吗？"

"回大人，是的……"萧予安一句话未说完，双眸骤缩。

杨厉业高举起手中刀，毫不留情地刺在了他的腿上。

萧予安猛地躬身，死死地咬住嘴唇，几乎咬出血来却仍然缓解不了疼痛。

"小兄弟，出门在外，独自一人，又没有带行囊，当真是避难吗？"杨厉业语气轻松，说出的话一派轻描淡写，仿佛手中刀柄还沾染着鲜血的人不是他。

萧予安连喘了好几口气才缓过来："大人，我真的是……"

杨厉业毫不犹豫地在萧予安腿上猛地划了一刀，刀口极深。

惨叫终于压抑不住地从萧予安喉间溢出，他咬着牙，冷汗涔涔，疼得再说不出一句完整的话。

萧予安突然觉得好笑，他本以为自己费尽心思终于摆脱了流血剜肉的命运，没想到下场竟然是埋在这里，老天真是毫不留情，这般喜欢作弄人。

杨厉业将刀从萧予安的伤口中抽出，鲜血溅起洒了他一身，他却毫不在意地擦擦脸，刀起刀落，萧予安手上一松，束缚双手的绳子落地。

杨厉业站起身，慢慢地将刀刃上的鲜血拭去，说："小兄弟，我已经给你松绑了,给我指个方向如何?我看得出小兄弟是聪明人,应当知道该指哪个方向。"

腿上的疼还钻心刺骨,萧予安掐着伤口,呼吸极重,他干咽了一口气,没作声。

杨厉业倒也不急,将手上的鲜血往衣袖上擦了擦,随后开始慢悠悠地报数。

"五、四、三……"

杨厉业不紧不慢地报着数,每个字都拖长音调,但是不过五个字,再怎么慢也马上就能报完。

"二……"

萧予安终于动了动,他急急地喘了口气,像是内心做了一番挣扎一般,最后终于抬起手,犹豫而缓慢地指了一个方向。

杨厉业顺着他手指的方向望去,万里浩瀚星空之下,远方路迢迢。杨厉业点点头,突然一脚踹翻萧予安,抽出悬挂在腰间的匕首,将他指方向的那只手用匕首狠狠地钉在了地上!

匕首贯穿萧予安的手掌扎进土里,鲜血和惨叫一起渗入大地。他下意识用没受伤的手紧紧地掐住手腕,疼得忍不住蜷缩起身子。

"小兄弟,劳烦你再指一次,小兄弟应当明白指错的下场吧?如果指错了,可就不是剜肉刺手这么简单了。小兄弟,你一定要好好指啊,最后一次机会务必把握住啊。"杨厉业把玩着手里的刀,漫不经心地说着,如同在和萧予安拉家常一般。

萧予安将头抵在地上,粗糙的砂砾和小石子硌得他额头生疼,仿佛这样才能减少一些手掌上的疼痛。他不敢动作,因为稍稍一动,穿过手掌钉在地上的匕首就会更深一寸,疼痛也会跟着加剧一分。

杨厉业面无表情地看着地上这个瑟瑟发抖的人,看着他再次慢慢地抬起手，指了指之前的那个方向。

笃定，无疑。

他的声音在发抖，似乎带了丝哭意："我真的不想死。"

杨厉业一言不发地看着地上之人，思索半刻后翻身上马，带着兵往萧予安指的方向追去。

那时，谁也不知，萧予安不依不饶指着的地方，是根本就没有路的悬崖峭壁。

而反方向，陈歌正背着晏河清奋力奔跑着。

"杨将军还没解气呢？这都打了多久了，再打下去要出人命了吧？"

"就杨将军那脾气，你还问呢？这人啊，必死无疑！"

"杨将军一直踹那人的小腹，估摸又要被踹吐血了。"

"你是没看见刚才杨将军回来的时候气成了什么模样，直接驭马踏过那人的腿！就算这人能活下去，这腿啊，怎么也得废了，下半生肯定残了。"

"毕竟让南燕国皇上从眼皮底下溜走，杨将军本身性情就……更不要说……唉！"

"咦，小鲍呢？刚才就没看见他。"

旷野星空下，天边晨光熹微，狠狠发泄怒意的杨厉业终于踹累了，站在一旁歇息了一会儿，然后在萧予安面前蹲下，掐住他的下巴说："你说你图什么，值得吗？不骗我不就没这下场了吗？"

萧予安听不清他在说什么，耳边全是挥之不去的嘶鸣声。他的双手都被匕首钉在了地上，身上裸露的地方全是腐肉般的黑紫色。因为遭受毒打，他的五脏六腑几乎全部移位，吐出的血染上他的下巴和胸襟，除了一双眼睛能勉强看清四周，整个人已经疼得麻木，只觉得四肢百骸没有一处受自己控制。

杨厉业自然得不到回答，他气饱了，也打累了，便站起身，双手叉腰，长吁了口气，然后伸手猛地拔出萧予安左手手掌上的匕首。

一声呜咽声从萧予安口中溢出，比起刻意压抑，这声呜咽更像是连叫苦都没力气发出。

"让我想想。"杨厉业单手抓起袖子擦干净匕首上的血，"就这么一刀结束你的性命太便宜你了，你是喜欢放血，还是喜欢剜肉？嗯？"

说着杨厉业用脚将萧予安翻了个身，又踢了踢他的膝盖："嗯？问你话呢，回答。"

萧予安的膝盖之前被马踏过，早已碎裂，此时被踢，疼得他下意识地缩起身子。

杨厉业看萧予安的眼神宛如在看一个死人，他把玩了一会儿手上的匕首，做出决定，慢悠悠地蹲下身，在萧予安身上比画着，最后移到萧予安的眼睛前。

"报！杨将军！"

忽有士兵来报，跪在杨厉业跟前，抱拳大喊："后方急召将军回去商议军机！"

在士卒面前，杨厉业没有继续蹲着，便站起身来拍拍身上的尘土，听那人说："将军，事不宜迟，我们得赶紧动身！"

"也是，障眼法也用过了，是时候整顿兵力把之前被夺走的城池抢回来了。"杨厉业对自己的副将招招手，指着萧予安说，"你找个几人，把他活埋了，记得一定要活埋，听见没？"

副将点点头，低头领命。

杨厉业这下满意了，蹲下身拍拍萧予安的脸："小兄弟，走好，我就不送了。瞧我还是留了情面的，至少没让你曝尸荒野，任野狗啃咬是不是？"

萧予安依然什么都听不清，只觉天旋地转。他费力地睁眼向上看去，即将天亮，靛青的苍穹无月无日，只余东方一颗启明星。

萧予安咽下一口血水，感觉身上的温度和自己的意识在一点一点地消逝。他费劲地想举起手，想伸向那颗星，可最终只能动动手指。

再之后，一切都归于混沌之中。

意识再次回到萧予安的身体时，他花了好一会儿工夫才反应过来有人在背着自己疾奔。

萧予安想弄明白现在是什么情况，可是他头疼欲裂，之前因为麻木而感受不到的疼痛此刻正毫不留情地吞噬着他。他嘴里泛苦，眼前发花，忍不住呻吟出声。

背着他的人察觉萧予安恢复了意识，偏头开口："恩公，你醒了吗？你别说话，省点力气，我们马上就到桃源村了。"

"你……你是谁？"萧予安一开口，明明想说话却只能发出几声呜咽，胸腔里的血渐渐上涌，嘴里除了苦涩还多了一丝血腥味，只要再多说两句就会咯出血来，他只得闭上嘴。

"恩公，是我啊，鲍因心，你还记我吗？"小鲍健步如飞，脚下步子稳当。

萧予安费了点劲才从脑海中将这个名字挖出来："是……是你……为什么……"

"恩公，我们东吴国有好几名将士都是当初您救下的，您还记得吗？如此大恩大德，我们怎能让恩公死于非命？所以想了法子，将您救了出来，再由我送您回桃源村。"鲍因心解释道。

"可是……可我已是……南……喀喀——"一句话未说完，

萧予安就猛地咳嗽起来。

"恩公,我们不是狼心狗肺的东西,无论您现在是什么身份,您都曾经救助过我们,滴水之恩当涌泉相报。恩公,你先别说话了,好好休息一下。"见萧予安咳得厉害,鲍因心担忧地说。

"谢谢……"萧予安止住咳嗽后轻声说,许久后又迷迷糊糊地说着,"对不起……对不起……谢谢……"

"什么?恩公,你说什么?"鲍因心没听清萧予安说的话,他已经再次陷入昏迷。

鲍因心不敢怠慢,连忙加快了脚步。

萧予安再次醒来的时候,日暮昏黄,竹影斜阳。

疼……

他浑身上下没有一处不疼的,小腹刺疼,腿部钝疼,脑袋胀痛,手掌撕裂般地疼……

萧予安深深地吸了口气,耳边突然炸开一声呼喊:"萧哥哥醒了!"

谢淳归本来双手枕头,趴在床边小憩,听见声响后揉着眼睛抬起头来,见萧予安睁着眼,立时兴奋得蹦起来往外跑去。

萧予安不免心下疑惑,谢淳归不是去西蜀国求医治病了吗,为什么还是这副孩童性子?

他想要开口说话,却发现自己发不出声音;他想要抬手摸摸喉咙,手上包扎伤口的白布止住了他所有的动作。

不消片刻,房间里拥入一群人,全是熟悉的面孔。

"小主,您受苦了。"杨柳安面露心痛之色。

晓风月拍拍杨柳安的肩以示安抚,而后轻声对萧予安说,"小主放心,我们一定照顾好您,直到您身体痊愈。"

三姨擦着通红的眼睛，不停地抽噎："我……我就说，呜呜呜，就说这打仗哪有……哪有不出事，你这孩子，怎么就不小心点呢！担心死我们了你知道不知道？你呀，快点好起来，不是说要吃三姨做的红烧肉、烧花鸡和卤水鸭吗？你不赶紧好起来怎么吃？"

林参苓搀扶着三姨，让她不要太伤心。

张白术向来没心没肺，可看到萧予安这副惨样，一下子也红了眼睛："你不是说要当我娃的干爹吗？你快好起来啊，满月酒等着你来一起操办呢。"

萧予安努力朝几人露出笑容，又因为疼得不行，笑容一时间有些扭曲，惊得一群人喊道："哪里疼啊？怎么了？咋露出这么恐怖的表情？"

一只宽大温暖的手掌抚上萧予安的头顶，萧予安抬眼看去，然后做了一个"师父"的口型。

向来脾气暴躁的张长松难得和蔼可亲，他轻轻地拍了拍萧予安的头，捋着花白的胡子说："大难不死必有后福，好好歇息，放心吧，我们都在呢，什么都不用担心。"

不知为何，萧予安突然觉得身上也没有很疼。

萧予安支吾了几声，张长松半猜半蒙："你是想问你为什么哑了？"

萧予安点点头。

张长松说："你内有瘀血，气乱压喉，胸肺带伤，多言则胸闷气短，咳嗽呼吸皆疼，所以我开了一味药，这药会让你暂时没办法说话。不过别担心，等过段时日，身子稍稍恢复一些，就不需要再吃这种药了，到时就能正常说话。"

萧予安恍然大悟，又将目光落在一旁玩耍的谢淳归身上，对着杨柳安和晓风月"嗯"了几声。

杨柳安摸摸后脑勺,还想琢磨一会儿,晓风月马上就理解了萧予安的意思:"小主,你是想问淳归的事情吗?淳归不是一会儿精神无大碍、又一会儿宛如幼童吗?我和柳安之前带淳归去南燕国寻神医,那名神医说淳归的执念和怨恨太深,如果恢复神志恐会崩溃,所以干脆让他的后半生一直如孩童般无忧。"

晓风月微不可闻地叹了口气。

萧予安点点头,又望向谢淳归。

少年郎正站在窗前琢磨着从窗外透进来的余晖,落日熔金,细尘飞扬。

少年好奇地伸出手,金辉落在他手上,微热明亮。他咯咯地笑出声,好似孩童,当真无忧。

萧予安双眼发涩,收回目光,又对着众人"嗯"了几声。

结果这次,大家没一个猜出他的意思。

三姨猜测:"什么?想吃东西了吗?可张大夫说你要忌口,吃不得油腻。"

萧予安摇摇头。

林参苓问:"萧公子是不是渴了?"

萧予安摇头。

张白术支着儿:"要不给支笔,让他写一写?"

张长松瞪他一眼:"你瞧瞧他的手,写什么写?等下伤口又裂了,不准写!"

萧予安急得又"嗯"了几声。

"哪里疼?"

"被褥感觉不舒服?"

"太热了?"

"那就是太冷了?"

"也不是吗?猜不出啊……"

张白术突然一捶拳,语气十分笃定:"我知道了!"

众人齐刷刷地看向他。

张白术得意扬扬地说:"萧予安他——"

众人疑惑:"他……"

张白术气沉丹田,一字一字地说道:"他——肯——定——是——三——急——了!"

萧予安:"……"

如果不是身体不允许,萧予安此时此刻已经从床上蹦起,然后掐着张白术的脖子来回摇晃了。

三个锤子啊!

他想说的是:你们谁替我传个信给晏河清,说我没死啊?

直到第十一天,萧予安才勉强可以说话。他费劲地表达了自己的意愿后,晓风月和杨柳安对视一眼,皆一时间说不出话来。

杨柳安终于忍不住了,开口道:"小主,你明明曾经也是……何苦如此对待自己!"

萧予安不解:"什么?!"

晓风月也跟着叹了口气,但没有说什么。

萧予安看着他们的神情,觉得现在的自己在他们眼里大约就是明明折辱了尊严却依然不改的人。

他试图辩解:"晏哥不是你们想的那样……"

晓风月叹口气,杨柳安蹙起眉。

萧予安继续道:"真的……"

晓风月面露不忍,低下头。杨柳安叹口气,一脸哀痛地看着天。

萧予安:"……"

——你们能不能不要这样？！能不能不摆出一副哀其不幸怒其不争的模样？搞得我的话都变得毫无说服力了！

虽然不忍，但是萧予安说的事情，杨柳安和晓风月一向会尽全力办妥。

晓风月说："小主，前线还在打仗，书信没那么容易送进军营，而且前方太过危险，也没有人愿意送，更不要说晏河清还是南燕国的皇上，怎么可能会关心来历不明的书信？"

萧予安顿时皱成了苦瓜脸。

杨柳安之前贩盐，认识了一些有门路的商贾，于是安慰萧予安道："小主别担心，我倒是认识一个能把信送进军营的，就是不知能不能送到晏河清手里，而且也需要一段时间才能送到。"

萧予安急急地说："能送总是好的！一段时间大概是多久？"

杨柳安说："怎么也得数月吧。"

萧予安苦恼道："数月啊……送，得送！"

第二日，晓风月代笔，替萧予安写下一封信，而后交给杨柳安认识的一位朋友，这事就算有了个开端。

接下来，萧予安等了两个月都没等到消息，身上的伤倒是一点一点地痊愈，内伤也在张长松的调理下逐渐恢复，可仍然不能下榻。他的膝盖骨被马匹踩碎，都说伤筋动骨一百天，更何况他的情况如此严重。

萧予安又等了十天，终于等到了杨柳安的那位朋友。

那朋友豪气地往凳子上一坐，拿着碗先给自己灌了一碗凉水，这才问："是谁要送信？"

"是我，如何了？送到了吗？"萧予安整个人坐直，身子前倾，焦急地问。

"呀，送什么送啊？！"那朋友一脸嫌弃地朝萧予安摆摆手，又觉得自己这话不靠谱，于是改口道，"毕竟杨柳安是我朋友，还给了我不错的报酬，所以实话和您说，信呢，我送到了南燕国军帐，可您的要求是送到南燕国皇上的手里，这可太难了！您是不知道，传闻南燕国皇上疯魔了！"

萧予安更急了："什么意思？！"

朋友叹了一口气，说："您不知道吧，十日前，南燕国打了胜仗，攻进东吴国。这晏河清啊，不知被什么妖魔附身了，变得残忍至极，那东吴国的杨将军，啧啧啧，死得那叫一个惨。总之最后落了个尸首分离的下场，他的下属也几乎被南燕国皇上屠杀殆尽。你说说，就南燕国皇上这性情，我能把信送进军营是不是已经很了不起了？"

萧予安的肩膀微微颤动，好不容易才平复心情，抬头对那人说："送不到南燕国皇上手中的话，那这信最后会落在谁那里？"

朋友摸摸下巴，歪着脑袋，跷起脚说："这我还真不敢向您保证。伯乐识马，也得这马是匹千里马不是？就我们这种平头小老百姓，哎呀，一辈子都出不了这村一次，哪有机会接触那种人物？您说您想见这种位高权重的人，好歹得有个信物吧？"

那人本想让萧予安知难而退，哪知他道："信物？我还真有。"

萧予安与站在一旁的晓风月边说边比画了两下，晓风月顿时了然于心，拿了一个木盒过来。

那朋友心想什么宝贝，竟然能因此有幸见到南燕国君王，忍不住探头抻直脖子看，却见木盒里躺着一只白玉簪子。那簪子被摔碎又修补过，接口处粗糙难看，怎么也看不出其中有什么玄机。

萧予安从木箱中拿出那白玉簪，想起旧事，长叹一口气，然后放入木盒中，递给杨柳安的朋友："给！信物！这次可一定要帮我送到南燕国君王手里啊。"

"妥。"那朋友也是靠谱之人,收好木箱说,"若是这信物有用,我一定完好无损地送到南燕国君王手里。只是兄台,你可能还得耐心等待一段时间。"

　　萧予安又急了:"啊?还要等多久?为何?"

　　对方站起身说:"东吴国已经被南燕国拿下了,现在天下可是一大国一小国的格局!南燕国君王刚打完胜仗,不得好好犒劳三军,摆一场普天同庆的宴?哪有那么多空闲关注别的事!总之,我一定帮您送到,您且放心!好了,先不唠叨了,告辞。"

　　说完那人一抱拳,带着萧予安给的信物起身离去。

　　数十日之后,南燕国为庆祝胜仗,在原东吴国皇城设下国宴,本是高唱凯歌、率土同庆的日子,谁知南燕国皇上突然不辞而别。

　　一袭白衣,千里单骑,马不停蹄踏峰峦,过沧海。

　　萧予安这些日子天天被一群人捧着,骨头都闲散了。又一日,三姨熬了滋补的粥,特意放凉了才端来给他。

　　他忍不住说了一句:"三姨,我这没被打废,都要被你们惯废了!"

　　三姨连"呸"了几声,说:"年纪轻轻的,嘴上没个把门,瞎说什么呢?什么废不废的,呸呸呸!"

　　话音刚落,谢淳归从院子跑进,一下子扑了过来,举着手上的糖葫芦来回晃:"萧哥哥!你看,糖福噜(糖葫芦)!"

　　说完也不等萧予安回答,谢淳归又跑出厢房,拿着自己的糖葫芦向其他人炫耀。

　　萧予安无端觉得揪心,一时不知说些什么。

　　三姨看他的脸色不太好,便说:"以前淳归神志清醒的时候总是痛苦不堪,现在这副模样也未必是坏事。桃源村的村民都心善朴实,没人嘲笑他。他就这么饿了吃,困了睡,不开心就痛痛快快地哭出声,应当也挺好的。"

"嗯。"萧予安点点头,心中涌起的那阵难过却怎么也挥之不去。

"好了,别想了。"三姨看不下去,劝道,"快把粥喝了吧。"

萧予安喝完粥,三姨又是一阵细心照料。

他琢磨着这么下去可不行。

隔天,张长松来替萧予安把脉,他便不停地追问自己能不能下床走动。

张长松架不住萧予安的连连发问,让张白术给萧予安削了两根木棍当拐杖。

萧予安是个闲不住的性子,马上就挂着拐杖下了床榻。

虽然膝盖还隐隐作痛,但已经恢复大半。他不想麻烦别人,挂着拐杖一个人在小院子里来来回回地走。

大家都劝他慢慢调理,慢慢养伤,却不知他心里着急万分。

萧予安一瘸一拐地走了一会儿,觉得腿实在疼,有些受不住,只得坐在石磨旁,弯腰揉搓着膝盖。他长吁一口气,将下巴抵在拐杖上,歪着头看天上丝丝缕缕的浮云。

已是初秋的日子,西风独自凉,庭前落梧桐,没有阳春的湿,没有三夏的燥,都说天凉好个秋,萧予安突然听见远处传来马蹄声。

那声音又急又快。

萧予安转头看去,一瞬间瞪大双眸。

那人甚至都来不及勒马,直接翻身落地,马儿仰着头撞上小院外的墙,好半天才稳住步子,不满地甩着马尾,撅着蹄子。

萧予安甩了拐杖,跌跌撞撞地朝着那人走去,没走两步就被扶住。

第四章 重回故土

三姨端着药轻轻推开厢房门的时候，见萧予安坐在床榻边，正看着睡颜安详的晏河清，脸上的笑意好似晓日玲珑，高阁清风。

晏河清为了赶路，几天几夜没合眼，饶是铁打的身体也经不住这般摧残，此时好不容易歇息下来，睡得很熟。

三姨端着药碗，上前轻拍萧予安的肩膀，压低声音说："予安，你怎么下来了，快去旁边的床榻躺着，自己的身体还没好透呢，怎能这般瞎晃荡？"

萧予安边比画边用口型说："三姨我，没事，不累，身上也不疼。"

三姨见状，也不多劝，将药碗递给萧予安："那你赶紧趁热喝了。"

萧予安点了点头，接过药碗一饮而尽。

三姨收了碗又叮嘱两声，才走出厢房，轻掩上门。

萧予安抿抿嘴，想把嘴里的苦味咽下去，目光重新落在晏河清的脸上。

此时，晏河清缓缓地睁开眼，用刚醒时迷茫的目光看向他。

"啊，吵醒你了吗？"萧予安连忙放下手。

晏河清摇摇头："睡够了。"

说着，晏河清往床榻里面挪了挪。他刚醒，还有些迷糊，许久才问了一句："身上疼吗？"

萧予安笑道："不疼，不疼。"

又是许久，晏河清"嗯"了一声，意识慢慢地清醒过来。

萧予安突然说："晏哥，我觉得这个场景似曾相识。"

"嗯？"

"就是在北国宫殿的那次,你被迷晕在床上,一醒来就要掐死我。"

萧予安特意咬重"掐死"两个字。

晏河清一时语塞:"那时候我……"

"那时候你可是真起了杀心啊!下手都不留情面,只想置我于死地。"

"我……"

"别你了,都是大男人,没什么好磨叽的,你就说这账怎么算吧!"

"怎么算?"

萧予安见轻而易举就让晏河清中了自己的套,得意得尾巴都翘上天了:"以后我要是犯浑了,你骂我的时候收敛点,成不?"

晏河清:"……"

萧予安自顾自地继续说:"就这么说定了啊。"

说完,他露出自得的表情。

晏河清无奈地说:"在你心里,我竟是如此性子急躁之人吗?也好,那我若是着急行事,想来你也能理解。"

萧予安:"……"

晏河清轻笑。

萧予安心想:我好歹也是进修过霸道总裁课的,怎么每次跳进坑里的都是我?不行,不能如此被动。

于是他说:"你……你……你别笑!我……我……我可是会背大悲咒的!"

晏河清挑眉问:"大什么?"

萧予安唱了一段,然后问晏河清:"是不是感觉身似菩提树,心如明镜台?"

这时，厢房外突然传来叩门声，不依不饶，三短一长。

片刻，萧予安喊了一嗓子："师父……"

说话间，晏河清已经起身上前去开门，萧予安本想自己去，被晏河清按了回去。

张长松捋着花白的胡子背着药箱走进，坐到床榻边，拿出小枕垫在萧予安的手腕下，替他把脉。

张长松沉吟良久没出声，微微蹙眉。

萧予安笑道："师父，你别这副表情，好像我快不行了似的。"

张长松怒瞪着萧予安，愤愤地把他的手往前一推，收了小枕，气呼呼地说："什么不行了？！你要是不行了，岂不是折了我的名声？"

萧予安说："那我可得赶紧好起来，不能败坏师父的名声。"

张长松白他一眼，问："近日膝盖可还会觉得疼痛？"

萧予安偷偷看了一眼站在一旁的晏河清，说："不疼了。"

张长松卷起医书抽在萧予安的手腕上："瞎说！你不说实话，让我怎么治？"

萧予安说："真的就一点疼，没多疼。"

张长松懒得和他废话，在他膝盖四周轻轻地按了按。

萧予安顿时收敛笑意，暗暗攥紧了手。

张长松心下明了，收回手问："内服药有按量吃吗，外敷药有隔日一换吗？"

萧予安点头："有，有，有，都有。"

张长松边收拾东西边说："嗯，恢复得还行，只是这几日好好歇息，伸伸胳膊、动动腰可以，别一直走路。"

萧予安说："好，师父，我记下了。"

张长松背上药箱起身，对晏河清说："晏公子，可否借一步说话？"

萧予安诧异："师父，你竟然有事找他？师父，晏哥大老远地跑过来，你别为难人家。"

张长松难得没有因为萧予安的贫嘴而佯装生气，只是瞥他一眼，说："行了，我有正事找晏公子。"

晏河清和张长松一起走出厢房，掩了门，张长松才轻声说："晏公子，事关予安的身体，我也不和你绕弯子了，予安的腿可能会落下病根。"

晏河清心下一紧："病根？"

张长松叹了口气，说："我话也不敢说得太绝对，总之还是先告知你一声。"

"知晓了，劳烦您了。"

张长松看得出来晏河清是个有分寸的人，于是不再多言，告辞后便起身离去。

晏河清稳住情绪，推开厢房门。萧予安没有躺着，而是坐在床榻边，披着被子盘着腿。

见晏河清张嘴要说话，他先摆了摆手："我这几日天天躺着，这躺着也累啊，还不如坐着动动，松松筋骨，反而更舒服一点。"

晏河清没再多说，走到床榻边。萧予安笑问："我师父与你说什么了？"

"没什么，就让我好好照顾你……"晏河清说，"你先歇息，快用晚膳了，我去看看三姨有没有需要帮忙的地方。"

说着，晏河清转身走出厢房。

突然被抛弃的萧予安坐在床榻，费解地挠头。

晏河清走出厢房，在外面冰凉的青石台阶上端坐了许久，直到日暮黄昏，才起身往灶房走去。

灶房里白雾弥漫，散发着诱人的饭香。

三姨掀着铁锅上的大木盖，正弯腰炒着菜，见到晏河清，热情地说："晏公子，来得正好，吃饭了，去叫予安来吃饭吧。"

晏河清应了声好，刚要转身，外头突然冒冒失失地跑进来一个人。那人夸张地大喊："哇！三姨，好香啊！我口水都流下来了！咦，这是谁呀？"

谢淳归站在三姨身边，咬着手指奇怪地打量着晏河清："陌生人，我们家怎么会有陌生人？"

三姨连忙说："这不是陌生人，你可以叫他晏哥哥。"

谢淳归还没出声，晏河清突然开口："他不能这般叫我。"

白雾水汽从烧锅中冒出，溢满整个灶房，三姨一时间看不清晏河清的表情，只见斜阳照进，四处是飞扬的尘埃："啊？为⋯⋯为何？"

晏河清沉默了半晌，说："折辱了他。"

谢淳归是孩童性情，自然不在意两个人在说什么，拿了灶台上的鸡腿开开心心地啃得一嘴油。

三姨不知所措地愣在原地，听晏河清说了一句"我去喊萧予安吃饭"，然后看着他转身离去。

"哎呀呀⋯⋯"三姨拍了拍自己的脑袋，拿干净的布给谢淳归擦嘴，"慢点，慢点，不急，吃完了三姨再做。"

"嗯！"谢淳归笑得开怀。

是夜，银钩虫鸣，月落乌啼。

萧予安睡不着，躺在床上辗转反侧。半晌，睡在隔壁床的晏河清起身坐到他床边，问："怎么了，有心事？"

萧予安不好意思道："晏哥，你是被我吵醒了吗？"

"不，我也睡不着。"晏河清轻声说。

萧予安忍不住问："晏哥，你之前是不是以为我死了？"

黑暗中，晏河清浑身一僵，而后慢慢放松下来："不，因为我没有寻见你的尸体。"

萧予安惊诧："寻尸体？"

晏河清"嗯"了一声，说："他们说你被埋了，我将那块地方圆十里全部掘开，没有找到你的尸体，所以我不信你死了。"

萧予安惊得说不出话来。

晏河清看着他："睡吧，好梦。"

萧予安在桃源村养伤养了一段时间，张长松终于答应让他下床走动。

这日清晨，萧予安撑着拐杖在小院里走动，远远看见杨柳安和晓风月从外面走来。两个人大约是说到了什么有趣的事情，杨柳安挥舞着手臂夸张地比画着，晓风月笑得眉飞色舞。秋风微拂，院内的杨柳叶簌簌落下，落在晓风月的发梢上。

二人看到萧予安，忙打招呼："小主？你怎么在院内，怎么不去歇息？"

萧予安摆摆手："没事，没事，躺久了也累。你们去哪儿了？"

晓风月答道："回小主，不远处的山脚下来了一群和尚，修了一座寺庙，我们去拜了拜。"

萧予安"哦"了一声，若有所思地转了转眼睛。

杨柳安上前一步，说："小主，我扶您回去？"

萧予安摆摆手："你们别紧张，我也该动动了，而且师父说我多走走对身体痊愈有好处。"

说话间,晏河清走来。近日来的相处让杨柳安和晓风月放下对晏河清的芥蒂,不再对他流露出敌意,在相互点过头后,两个人告退离去。

"腿疼吗?"晏河清见萧予安撑着拐杖站立,目光落在他的膝盖上。

萧予安笑着摆摆手:"不疼,不疼,就是走路趔趄,走不快。"

晏河清替萧予安收起拐杖,扶他坐在石凳上。

萧予安养病的这些天憋坏了,听说山脚多了一座庙,心里有了念想,于是笑着对晏河清说:"晏哥,山脚下建了一座庙,反正闲着也是闲着,我们去逛逛吧?"

晏河清点点头:"好。"

那庙刚刚修好,没什么名声,香火不旺,香客自然也不多。

一个年纪不过七八岁的小和尚穿着灰蓝色的衲衣,拿着把秃毛的扫把,在庙宇前的台阶上有一下没一下地扫着落叶。大约是因为无聊,小和尚扯着嗓子就开始唱:"从前有座山呀,山里有座庙呀,庙里有个小和尚呀……"

突然凑过来一个人,满脸笑意地接了一句:"长得真是好。"

那小和尚一愣,抬眼看去,见是位样貌极好的男子,然而比起皮囊,更吸引小和尚的,是那男子眼眸深处灵动温润的光。

那人身边还跟着另一位同样样貌不凡的男子,器宇轩昂,眉眼俊秀,是世间少有的潇洒之姿。

"长得真是好?"小和尚摸摸光秃秃的后脑勺,"这位施主,后面是这么接的吗?"

萧予安看小和尚呆头呆脑的模样,可爱得不行,忍不住逗他:"是这么接的啊。"

小和尚挠挠脑袋，念了一句阿弥陀佛，而后说："施主，我怎么觉得你唱的和我师兄教我的，好像有点不一样？"

萧予安点点他的额头，说："我们要顺应时代发展……咯——跑偏了，总之我这才是最新版本。来，来，来，我教你。"

一位老方丈及时出现，阻止了萧予安继续荼毒自家佛门的小弟子。

慈眉善目的老方丈领着萧予安和晏河清来到大雄宝殿，边走边问："两位施主，可是有事相求？"

萧予安笑道："大师，何故这么问？"

老方丈双掌合十，说："阿弥陀佛，这世间的善男信女，哪位不是心里压着事的呢？有求才有信，求的事越难越虔诚。"

萧予安称赞："大师真是明白人。"

老方丈说："施主谬赞了。"

两个人来到殿内，香雾缭绕，一座宝相庄严的金身佛像端坐在大殿上。萧予安和晏河清一左一右跪在蒲团上，虔诚地拜了三拜。

临走之际，萧予安忍不住又去逗小和尚，可惜小和尚要敲钟，萧予安只得悻悻而归。

薄暮冥冥，落日余晖。

"晏哥，你猜方才我拜的时候，心里在想什么？"萧予安笑着问。

晏河清问："想什么？"

萧予安轻声道："朗朗乾坤，天下安宁。"

晏河清说："会的。"

"晏哥，方才你向佛祖求了什么事？"晏河清还没回答，萧予安又继续说道，"等等，我猜猜，你是不是希望我的伤快点好起来?"

晏河清点点头:"嗯。"

萧予安的声音低了几分:"晏哥,我可能会瘸。"

晏河清脚下一顿。

萧予安继续道:"虽然师父没告诉我,但我自己的身体我还是知道的。之前确实有点害怕,怕我瘸了以后走路慢,去南燕国会耗费太多时日,但是现在我不怕了,瘸了就瘸了吧。"

晏河清皱眉道:"别乱说,会好起来的。"

回去的路上,晏河清担心萧予安的腿伤,寻了路边的一片杂草地,让萧予安坐着。

萧予安坐下后,便开始数夜空中渐渐出现的繁星:"我以前看不到这么多星,也没这么亮。"

萧予安弯眸一笑,说:"对了,晏哥,我教你一句话。"

说着萧予安捡起一根树枝,在地上写了一句英文。他练过花体,字母写得漂亮潇洒。

晏河清问:"画?"

萧予安笑起来:"不是画,是话,说话的'话',我教你怎么念。"

晏河清天赋异禀,听他念了几次,竟然很快就说得字正腔圆。

萧予安丢了树枝说:"好了,现在整个世间,这句话只有你和我会。"

晏河清问:"这句话是什么意思?"

萧予安摸摸下巴,回答:"它从不同的人口中说出,有不同的意思,我告诉你它在我这里的意思……在我这儿的意思呢,就是……"

萧予安顿了顿,稍稍一思索,说道:"晏哥晏哥真帅气。"

晏河清:"……"

萧予安笑问:"还听吗?"

"听。"

萧予安说:"晏哥,你怎么不按套路出牌,正常不应该是嫌弃我皮,让我不要继续说了吗?"

晏河清摇头道:"还想听。"

"成……成吧。"

然后萧予安几乎把肚子里的文墨全部倒了出来,绞尽脑汁一直编,最后实在编不出了,不得不讨饶,晏河清这才放过了他。

时辰已经不早,也是时候回去了。

晏河清和萧予安回到村中,杨柳安拿着一封书信迎了上来,将书信递给晏河清。

晏河清收敛心绪,接过信道了谢,轻扫一眼,没有急着看,而是握在手中,攥成一团。

萧予安用余光瞄了一眼,看见信笺上落款"薛严"二字,醒目又刺眼。

与杨柳安道别后,萧予安和晏河清回到厢房内。

晏河清点燃蜡烛,面无表情地将信往烛火中送,萧予安手疾眼快地阻止了他的动作。

"晏哥,你就不看看内容吗?"

晏河清的语气淡淡的:"没必要。"

不用看他也知道薛严会说什么,说来说去无非一个字——回。

萧予安看着晏河清,不由得想:南燕国这才刚打下东吴国,根基动荡,政权分裂,若不是晏河清的男主角光环压在这儿,像他这样开国还到处瞎跑的,不说外戚家族,随便一个意图不轨的人都能搅得天翻地覆。

萧予安看着晏河清拿信的手,说:"晏哥,你是不是想隐居在桃源村，再不问天下事了？"

晏河清看着他，没有回答。

萧予安笑道："晏哥，你知道这样一来，天下会有多么动荡吗？"

晏河清依旧没说话。

萧予安的声音平静如常，说出的话却字字戳心："晏哥，我知道闲云野鹤、悠然自在的生活确实很吸引人，可那不是你应得的结局，也不是我希望看到的结局。"

晏河清一直平静似湖面的眸子终于泛起涟漪，他的声音很轻，微不可闻："你觉得我该走？"

萧予安弯眸，眼底的笑意一如往常，答非所问："晏哥，若我和你一起回去，不说世间的人，光是南燕国的人就会在心里唾弃、咒骂，说你不顾曾经的家国仇恨。而我，大约会被钉上亡国俘虏的字眼，在民间，在野史，甚至是在史书里，被后人嚼尽舌根。"

见晏河清的表情越来越冷，萧予安深深地吸了一口气，说："可即便如此，我还是想回去。"

晏河清惊诧得微微张开嘴，听见萧予安继续说："晏哥，我想看你收复天下，我想看你强国兴邦，我想看你名留青史，所以晏哥，我们回去吧。"

晏河清一时间有些说不出话来，许久才开口："你……"

萧予安笑道："晏哥，我知道你在顾虑什么，不如你负责治国安邦，我负责谈天闲逛，至于别人说什么，爱说说去，吃他们家大米了？嘴巴有空叨叨，怎么不知道多吃点好吃的？"

晏河清长长地呼出一口气，许久，终是"嗯"了一声。

听闻萧予安要回北国的消息，从未对萧予安说过"不"字的杨柳安第一次有了情绪:"小主,如果你和晏河清回宫,你知不知道南燕国的人背地里会有什么想法,世间人又会怎么说?"

萧予安点点头:"我知道。"

杨柳安说不出话来。

萧予安笑着拍拍杨柳安的肩膀:"没事,别担心。还有,一直以来真的很感谢你和风月。"

杨柳安还是没说话,站在一旁的晓风月柔声道:"小主,我和柳安的命都是你救下的,我们没机会做牛做马伺候你,只能遥叩金安,愿小主后半生无忧。"

萧予安笑道:"若此生是大梦一场,愿醒来之时,还能如此,做交心朋友。"

杨柳安慌乱地摆手:"朋友?小人不敢……"

"我说朋友就朋友。"萧予安打断他,笑容肆意,无拘无束。

回宫一事,暂且就这样定了下来。晏河清传了一封信给薛严,开始着手准备回去,他所做的第一件事便是去医馆询问张长松,萧予安的身子能不能长途跋涉,在得到了肯定的答复后才放心去准备其他事宜。

听闻晏河清和萧予安要走,张长松一家自然极其不舍。张白术跑去找萧予安,问:"你怎么又要走?而且竟然是去南燕国,你不是西蜀人吗?之前还去西蜀探亲来着,怎么又说要回南燕?"

萧予安说:"分那么清楚干什么?反正终归是一家。"

张白术惆怅地说:"上次救了那个小卒子之后,你也是这么说的。话说,我之前在村外见到那个小卒子了,就上次背你回来的那个。"

萧予安眼前一亮:"鲍因心?"

张白术说:"对,对,对,就是他。他说当初救下你后,被将军发现了,一群救你的人全被关进了狱中。后来南燕国打来,牢门被冲破,他们几个趁乱逃走,最后在这附近的村庄定居了。"

萧予安笑道:"挺好的。"

张白术说:"好了,好了,我也不多说了,反正你这次回去,我不用担心什么刀剑无情,也没有什么生生死死。"

萧予安眼见张白术道别后要离去,一转身,就看见了谢淳归。

谢淳归手里还拿着不知从何处得来的小泥人,他站在那里,看着萧予安,认真地问:"萧哥哥,我能跟你说说话吗?"

"当然可以,怎么了?"萧予安柔声问。

谢淳归说:"三姨跟我讲,萧哥哥要走了,当真?"

萧予安点点头,刚想说两句宽慰的话,谢淳归又道:"萧哥哥可是要北上?能不能带我一起,我想回去看看。"

萧予安直愣愣地看着谢淳归。

这话分明不像只有孩童心智的谢淳归说出的,可他脸上又扬着天真的笑容,让萧予安竟不知如何回答:"淳归,你……"

他不知后面自己该问些什么。

谢淳归低下头,秋日悬清光,少年郎站在那里,声音微微颤抖:"我想回去看看,看看北国的疆土,看看北国的山河。"

萧予安看着谢淳归,想起原著里这名年纪尚幼的小将军,当初也曾叱咤风云,一夫当关,带着残兵败将抵御敌国大军于疆土之外,终是无力回天,战败沙场,白骨乱蓬蒿;也曾早生白发,不看昏君奢靡害百姓,不闻朝廷蛀虫噬社稷,只知一腔热血誓死护国,不见万世千秋终不休。

萧予安伸手揉了揉谢淳归的头发,说:"好。"

终是到了离别的日子，晨光熹微，整个桃源村笼罩在朦胧的薄雾中。

萧予安在心里默默地道了一声再见。

万里送行舟，数十日之后到达原北国宫城——如今这里已更名为南燕国皇城。

正月，虽天寒地冻，但南方只是偶尔才落几粒雪，甚至隐隐约约有开春的意思，可北方不同，北方早已积雪数日。

披着锦裘的萧予安目瞪口呆地看着眼前的寝宫，问身边的侍女："这……这就是你们皇上的寝宫？"

侍女答道："回萧公子，是的。"

萧予安："……"

这里不是他原来的寝宫吗？模样一点都没变！

萧予安跟随侍女走进寝宫，再一次被震惊了——寝宫内的摆设竟与当初他住的时候一模一样！

他轻抚着窗棂，好半天都说不出话来，许久才喃喃道："可这些东西，当初不是被抢被砸，弄丢或弄坏了吗？"

侍女解释道："这些都是皇上找人特意做的！"

萧予安："……"

侍女没看出萧予安微妙的表情变化，自顾自说："萧公子，皇上说这里以后就是您的寝宫了，您看有什么要吩咐的？"

萧予安轻咳一声，说："没有，挺好的，晏……喀——皇上他还在忙吗？"

"回萧公子，是的。"

想来也是，晏河清才刚刚回来，原先堆积的朝政估计就够他受累的，更别说还要一边周旋和老臣的关系，一边留意是否有居心叵测之人，也不知他今天上朝是否顺利。

萧予安沉吟片刻,又问侍女:"淳归呢?"

侍女答道:"回萧公子,谢公子被安顿在不远处的寝殿,萧公子可是要去看望他?"

见他点点头,侍女连忙带路。

外头还下着鹅毛大雪,雪花从万里高空飘落,眷恋地停留在人的肩头。萧予安呼出一口白雾,伸手接住一片雪花,看那雪花在自己的掌心慢慢融化成水。

"萧公子?"侍女轻唤萧予安。

"啊?"萧予安蓦地回过神,收拢五指,将冰水攥进掌心,"没事,你带路吧。"

萧予安被侍女一路引到隔壁寝宫,远远地看见谢淳归正在玩雪,脸上露出孩童才有的兴奋表情和欢快笑容。

见到萧予安,谢淳归远远地挥着手,从地上捧起雪小跑过来:"萧哥哥,你看!是雪!雪!"

"嗯,是雪。"萧予安笑容温润。

谢淳归望着手上的雪,感受着那切肤的冰冷,下意识地贴着半张脸,直到手中的白渐渐透明,才放下双手,环顾四周。落雪的苍穹晦暗灰蒙,他心里忽然涌起一股冲动。

萧予安刚想开口问谢淳归会不会不适应寒冷的天气,就见他蓦地跪了下去,俯身亲吻大地,亲吻皑皑积雪,神色虔诚,像极了流浪多年,终是归家的游子。

四周有侍女还以为谢淳归摔倒了,惊呼一声,连忙伸手要扶起他。

萧予安一步上前,一下子握住他的手臂,却见他面露茫然之色:"咦?我怎么跪了下去?发生什么事了吗?"

萧予安顿时哑然,伸手拍拍谢淳归肩上和头顶的落雪,说:"没什么,什么也没发生,一直没有事情发生。"

萧予安陪谢淳归玩了好一阵子雪,直到他疲了倦了才告别离去。

萧予安刚回宫中,就有人匆匆来报:"萧公子,有人想要见你。"

一旁的侍女提醒道:"萧公子,皇上说了,您可以拒绝任何人的会面请求。"

萧予安心想这南燕国竟然有人想见自己?于是问:"是谁?"

"回萧公子,是陈歌,陈将军。"

陈将军?陈歌这是升官了呀!

萧予安乐了,忙道:"见,见,见。"

禀报的人应了一声,便疾步去请。不一会儿,萧予安还没见到陈歌,已经听见他的声音从门外传来:"哎呀,萧大夫,你果然没事!我就知道吉人自有天相!呜呜呜——"

陈歌夸张地呜咽两声,进了寝宫就和萧予安执手相看泪眼。此情此景,萧予安也被勾起情绪,跟着抽噎两声后喊:"陈歌,手!松开!"

陈歌松开萧予安,搓搓眼角感慨道:"萧大夫,想要见你真是太不容易了!你知道若是要与你会面,得先启奏皇上吗?"

"我不知道。等等,你已经是将军了,那今天上朝,你也在吧?"

陈歌猛灌了一口桌上的凉水,一抹嘴巴,不等萧予安发问,便滔滔不绝地说:"在啊!这次朝谏,真是一事比一事令人不知所措。其一是皇上向来尊敬薛老将军,可不知为何,这次回来,两个人之间有了点水火不容的意味!"

萧予安不自觉地微微屈起手指,问:"其二呢?"

陈歌说:"其二,就是今日,几乎满朝文武都在为同一件事五体伏地规劝皇上,却惹得皇上冷冷拂袖离去,徒留他们跪在原地。萧大夫,你知道是何事吗?"

萧予安笑了笑:"还能有什么事情?我的事呗。"

"萧大夫。"陈歌收敛了笑意,满脸严肃,"今日我也在那些人之中。"

萧予安云淡风轻地"嗯"了一声。

陈歌没想到萧予安如此不在乎,先是一愣,随后摸摸脑袋也笑了,长叹一口气说:"萧大夫呀,我是真心希望你能留在北国的,可我不希望北国废帝藏在寝宫。因为你的事,如今朝廷上下人心浮动,都在质疑皇上。立国安邦,最怕的就是人心不齐,皇上以后的路,可太难走了。"

萧予安脸上的笑意毫无收敛的意思,说:"陈歌,你这话说得太狠了,逼得我都想走了,是薛将军教你的?"

陈歌挠挠头,小声说:"是的,因为皇上的阻挠,薛将军无法见到你,所以让我来试试。萧大夫,你别怪我,薛将军是我的救命恩人,我真的非常敬仰他,而且……"他顿了顿,许久才继续道,"而且,我觉得薛将军说的话,句句在理。"

萧予安又"嗯"了一声,再无他话。

陈歌知道这话也说到头了,于是站起身,从怀里摸出一封信,放在桌上:"这封信,是薛将军让我转交给你的,我估计里面也不是什么好话。萧大夫,你愿意看就看,不愿意便烧了吧。"

陈歌说完,起身抱拳离去。他走了两步,听见身后之人突然喊道:"陈歌。"

他脚步一顿,听见萧予安继续道:"谢谢你依旧唤我为萧大夫。"

陈歌在原地徘徊,许久才说:"你若不是北国废帝,该多好。"

说完,他大步离去。

"若不是他,当初护不住晏哥啊……"萧予安喃喃一声,伸手拿起桌上的信,犹豫片刻,还是伸手拆开。

薄薄的纸上,只有短短的一句话:不知北国君上可还记得当初发过的誓?

嗯?他当初发什么誓了?

好像是……

萧予安蓦地双手抱头。

当初离开的时候,他好像发下毒誓,说若再踏入此城一步,就不得好死!

萧予安如今恨不得抽自己一个耳光。

他离开的时候,是真的没想到还会回来啊!

人生真是充满惊喜和刺激。

萧予安默默地烧掉薛严的信,然后背诵起物质和意识的辩证关系原理。

陈歌走出皇宫城门,远远地看见一人正站在前方等他。那人穿着军袍铠甲,皑皑白雪落在他的肩头,仿佛有千钧重。

陈歌几步疾走上前,抱拳单膝跪下:"薛将军。"

薛严将他扶起,问:"如何?"

"薛将军说的,我已经全部转告,只是……似乎没有起到任何作用。"

薛严蹙起眉,在寒冷的雪夜里长长呼出一口气:"辛苦了,说这北国废帝甘愿承受破国屈辱待在此处,我是万万不信的,怕是有什么企图,皇上身在其中,看不出端倪,我得派人好好看着这北国废帝。"

薛严说话间,陈歌几次张口想要辩解,却终是没说出来,只问了一句:"可是薛将军,他被保护得如此周全,你如何……"

"我不会动他,我动不得他,也动不了他,但是派人在周围伺机观察,这点我还是能做到的。对了,陈歌,最近因为北国废帝的事,大家嘴上不说,怕是心里都在猜疑皇上,恐会有人借此事勾结党羽,我们一定帮皇上好生留意。"

陈歌点点头:"将军的一番苦心,希望皇上能懂。"

薛严凝望着不远处南燕国宫城的朱红城墙,眉间、脸颊落了凉雪。

苦心?或许是吧。

他无愧于当年自刎在墙头的南燕国先帝,无愧于跳井前托孤的南燕国先后,无愧于南燕国甚至无愧于天下,他知道,若是晏河清得了天下,定能换来一个繁荣盛世。

所以,前方若有荆棘,只要他还没倒下,就能挥剑斩去。他愿意不惜一切代价扫荡南燕国成为强国路上的一切阻碍,即使某些事会让自幼尊敬他的晏河清恨他,他也无怨无悔。

"对了——"薛严突然想起什么,对陈歌说,"黄将军,也得注意一下。"

陈歌怔愣,小心翼翼地问:"薛将军,您是说,黄越,黄将军?"

"对,今日我听他几次和别人提及皇上护北国废帝一事,探听他人的想法,怀疑有司马昭之心。"薛严说。

陈歌点点头:"好,将军,我会留意的。"

薛严双手负在身后,朝他点点头,而后目光再一次落在不远处的宫城上,雪乱,风号,天地寒彻。

晏河清来到寝宫看萧予安的时候,积雪已经没过脚踝,踩上

085

去一脚深一脚浅,还发出轻微的嘎吱声。他生长在南方,并不适应北方的气候,但是无妨,他能逼着自己适应。

想来也是好笑,萧予安以前也是惧怕寒冷的南方人,明明这原北国皇宫对于他们来说,都不适合居住,晏河清却偏偏放不下。

晏河清一身被雪打湿的朝服来不及换,唤退侍女和侍卫,自己轻手轻脚地走进大殿。

殿中无烛火,漆黑一片,借着微凉的月光,晏河清见萧予安侧卧在床榻上,睡颜宁静。

睡着了?

晏河清转身欲走,突然听见身后传来一声咳嗽。

他手一顿,又转身看去。

萧予安依旧维持着方才侧躺的姿势,好似刚才那声咳嗽只是晏河清的错觉。

晏河清淡淡地说道:"装睡?"

萧予安梗着脖子不承认:"谁装睡了?"

萧大总裁本来小算盘打得满满的,先是佯装睡着,等晏河清过来后,再突然吓他一跳。

谁知转瞬就破功了。

萧予安惦记着陈歌对自己说的话,犹豫半晌,问:"今天累吗?"

晏河清轻声说:"我负责治国安邦,其他的,无所谓。"

萧予安愣了愣,许久才点了点头:"嗯。"

第二日清晨,萧予安给自己找了事情做。他从包裹里拿出一个木盒,这是除了衣裳,他从桃源村带出来的唯一的东西。

木盒里静静地躺着三样东西,一支朱红花簪、断成两截的灰色发带,以及一张写满北国将士名字的纸。

萧予安拿着木盒,问侍女:"北国曾经的祭天坛还在吗?"

侍女行礼,回答:"回萧公子,还在的。"

萧予安又问:"那我可以去吗?"

"皇上给萧公子留了手谕,有了这张手谕,萧公子想去哪里都可以。"侍女说着将手谕奉上。

萧予安"咦"了一声,接过手谕翻了几下,忍不住弯了眼,抬起头对侍女说:"可否麻烦你帮我准备三炷香和一壶酒。"

侍女虽然疑惑,但还是很快将萧予安吩咐的东西准备齐全。

有了手谕,萧予安也就不再担忧外出的问题。他本想一个人去祭天坛,谁知侍卫说皇上嘱咐要陪着,他也不想为难侍卫,便准许侍卫一同前往。

祭天坛下,九十九级台阶一如当年,仰首望去,望不见尽头,仿佛直入云霄。北国的祖祠没逃过被摧毁的命运,被一把火烧了个一干二净,原本祖祠的位置现在是一块栽满小树苗的土地。

萧予安想了想,往那处走去。

突然,草丛里奔出一人。那人胡子拉碴,身形魁梧,乱发覆面,脸上布满狰狞的伤疤,就这么飞扑过来挡在萧予安面前,当真把萧予安吓了一跳。

"来者何人?此处不可随意踏入。"那人声音如钟,气势如虹。

侍卫握着刀上前,说:"让开,我们有皇上的手谕。"

萧予安将手谕递过去,谁知那人没接,反而将目光落在萧予安的脸上,死死地盯着他,仿佛要用目光在他脸上灼出一个洞。

萧予安被盯得有些疑惑,刚要说什么,身后的侍卫一步上前,毫不客气地将络腮胡男子推开:"滚开,滚远点,见到手谕还戳着干什么?"

络腮胡男子被推得踉跄几步,低着头默默地退到了一边。

侍卫引着萧予安往前走。

萧予安心生疑虑,不由得问:"那人是谁?"

侍卫不知萧予安是北国废帝,口无遮拦地回答:"萧公子,那人原先是北国人,北国破国后他投降于我国。薛将军向来心善,给他留了活路,让他得了这照看祭天坛附近草木的差事。听闻那人投降后没几个月就变得疯疯癫癫的,总是叨念着走不走、死不死的话,你不要放在心上。"

萧予安的手被木盒的棱角戳得通红生疼,许久才"嗯"了一声。

他和侍卫来到当初北国祖祠所在的地方,如今这里只剩一片苍青松柏,落了一地针叶。

萧予安环顾四周,找了一处荫庇之地,跪地挖了一个坑,弄得满身满手都是泥土。侍卫不明白他要做什么,想要上前帮忙,却被他摇头拒绝了。

萧予安打开木盒,最后看了一眼里面的三样东西,深吸一口气,将木盒埋进土里。

做完这一切,他跪在地上,在心里说:对不起,我不是你们的北国皇上,此生错付的事,希望以后能有机会报答,现在,我想彻彻底底做回萧予安。

萧予安在心底默念完这些,拿出三炷香和酒,恭恭敬敬地祭拜完,这才站起身。

像是完成了什么大事一般,他长长地吁了一口气,似要把肺里的污浊尽数吐出,然后转头对侍卫说:"我们走吧。"

侍卫点点头,陪同萧予安离去。

再次遇到络腮胡男子时,萧予安看见他正佝偻着身子除杂草,明明那么魁梧的人，怎么能变得这么矮小呢？

方才他瞧自己的眼神，一定是认出了自己。

萧予安总觉得自己应当和他说些什么，于是上前一步，又停下脚步。

他能说什么呢？

他垂落于两侧的手紧紧地攥成拳，掐得掌心通红。

络腮胡男子感受到了目光，站起身看过来。他的脸伤痕累累，道道刀疤仿佛诉说着当年战争的惨烈。

萧予安如鲠在喉，闭着眼喃喃了一句"对不起"。

那络腮胡男子先是一愣，随后牙齿紧紧一咬，绷紧脸颊。不过一瞬，他又放松下来，几步上前，急道："这位公子，您说什么？小人没听见，您是有事嘱咐小人吗？"

萧予安睁开眼，刚要说没有，可那慢慢靠近的络腮胡男子突然狂奔而来，双手半抱半推着他，借着冲力和他一起坠下小路旁的山崖。

四周一片惊呼，所有的人都没有反应过来。

萧予安只觉得一瞬失重，然后浑身一疼，整个人都摔蒙了。

山崖下有一处突出的石壁，石壁上铺着厚厚的落叶松针，缓了缓坠崖的疼痛，而且络腮胡男子推他下来的时候特意让自己在下，所以萧予安算是摔在他身上，是以一点伤都没有。

那络腮胡男子坠地之后，一个翻身，毫不犹豫地抓住萧予安就往一处拖。

萧予安这才发现石壁后面竟然有个小山洞，若是被拖进洞里，上面的人可就什么也看不见了，会以为他们已经直直地坠落于崖底。

萧予安狠狠地制住络腮胡男子的手，刚要挣扎，突然听见他喊道："皇上，微臣一定救你离开这里。"

萧予安闻言错愕，被他拖进洞中。

络腮胡男子松开萧予安，在他面前单膝跪了下来："皇上，我是李无定将军的副将，您可能不认识我，但是您别担心，我知道怎么离开这里，微臣一定会好好护送您出去的。"

"我……我不是……"萧予安的声音隐隐有些颤抖，他伸手去拉络腮胡男子，"别跪，快起来。"

络腮胡男子不愿起身，坚持跪着："皇上，您要相信微臣能带您出去，这地方和这条逃跑路线微臣已经准备很久了。皇上，您受苦了，因为敌国，一直忍辱负重，受他人欺辱……"

"不是的，我是自愿待在这里的。"萧予安突然打断他。

络腮胡男子的声音戛然而止，像是断了弦的琴，余音颤得人心慌。他茫然地抬起头，背却陡然垮下去，他看向萧予安，目光中充满了不解："您……您是自愿待在这里的？您怎么能……怎么能自愿待在这里呢？"

萧予安伸手拉起他，说："你就当……就当我和你一样，苟活于此吧。"

悬崖上开始有人在大声呼唤萧予安的名字，隐约有奔下来之势。

络腮胡男子再一次跪了下来，这次是双膝着地："皇上，我替北国戎马征战半生，期间从未起过二心。我曾有很多兄弟，后来他们全死在了战场上，唯独我选择了苟且偷生，从此良心每天都在受煎熬。我无数次梦见那些死去的兄弟戳着我的背脊，质问我为什么苟活。皇上，您能告诉我，为什么吗？"

萧予安受不住络腮胡男子的跪拜，干脆也跪了下来："我不是北国皇上……"

络腮胡男子出声打断他："皇上！就算国破了，您也依旧是我们的皇上啊！北国君王，是打在您骨子里的烙印，这一辈子都会跟着您，就算您改名换姓，就算您矢口否认也没用。皇上，我们离开这里吧，说不定我们还能东山再起，夺回北国！"

络腮胡男子的话像条带刺的铁鞭，每说一句就抽在萧予安心上一下，抽得皮囊下的他血肉模糊，再辨别不出模样，也抽得他再说不出辩解的话。

络腮胡男子蓦地从腰间抽出一把匕首："皇上，您当真不愿离开吗？"

萧予安许久没出声。

"好……恕微臣无礼，先行离开。微臣本来早有这个打算，一直无法下定决心，今日见到皇上，微臣不由得抱了一丝念想，也许微臣苟活的意义，就是带皇上逃离南燕国。没想到皇上竟不愿离开，竟甘心沦为阶下囚……我在说什么呢？我凭什么怪罪皇上您，我明明也背叛了兄弟们，投降敌人……"

络腮胡男子突然仰头大笑起来，笑得上气不接下气，极其癫狂。

萧予安本以为他说的先行离开是逃跑的意思，谁知他突然举起匕首，那匕首雪亮，刀刃锋利。

萧予安大喊一声，飞扑上前："不要！"

可惜一切都已来不及，温热的鲜血顿时溅了萧予安满头满脸，血腥气极重。

蓦然之间，当初千辛万苦、一心一意想要救北国，却只能被老天一次次拖进深渊的无力和恐惧占据了他全身。

萧予安浑身战栗，耳边响起一声声"皇上"，那些声音糅杂在一起，好似鬼哭狼嚎，凄哀悲凉。

他突然抬手,狠狠地给了自己一个耳光,然后双手抱头。

侍卫从山崖上爬下来找到萧予安的时候,络腮胡男子早已断了气。

见萧予安蜷缩在那里,浑身都是溅上的血,侍卫急忙上前:"萧公子,你没事吧?我带你上去,然后禀报皇上……"

萧予安倏地抬手,一把抓住侍卫的手臂,抬起头,急道:"别告诉你们皇上,什么也别说!"

他们说好的,晏河清负责立国安邦,那这些事,就由他来扛。

而此时,晏河清正在批阅奏折,忽闻侍卫来报:"皇上,薛将军称有要事禀报。"

晏河清从奏折里抬起头,微微蹙眉,说道:"请。"

不过一会儿,薛严踏步走进,抱拳跪拜:"皇上。"

"薛将军请起。"晏河清虽然礼数周到,可态度不冷不热,没了以往喊"叔父"时的亲密。

薛严站起身说:"禀报皇上,军中有士兵密谋造反,已及时发现,被处置镇压。"

晏河清点点头:"嗯,辛苦薛将军。"

薛严继续说:"皇上,这次造反,是因为军中有副将听闻你袒护北国废帝……"

晏河清出声打断他:"薛将军,还有其他事吗?没有就先回去歇息吧。"

薛严顿时哑然。他踌躇片刻,抱拳告退,转过身后突然又道:"河清,你告诉我,你要兄弟,还是要天下?"

晏河清的目光没有离开手中的奏折,慢慢写完最后一句批语,才淡淡地一字一字地说道:"叔父,两个我都要。"

他最不惧怕的事就是用尽全力去争取。

明明还没有拼上性命地去努力，凭什么要让他先去抉择？

这世间最难的事情，明明是心安归乡。

萧予安为了洗净身上的血污，将自己足足泡了快一个时辰，这才将所有情绪压回心底，彻底冷静下来，换上干净的衣裳，回了寝宫。

结果一波未平，一波又起。

他才刚站稳，就有侍女匆匆来报："萧公子，萧公子！不好了！谢公子自己跑出宫了！"

今日清晨，谢淳归醒来后突然就自言自语起什么谢家，然后不顾一切要出宫。守卫皇城门的侍卫不让他离去，他就像孩子一样，坐在地上拍着地哇哇大哭。侍卫瞧见他是个傻子，本想先禀报上头再做打算，结果一个没留意，让他翻墙逃了出去。

"你们这守卫也太粗心了！"萧予安又好气又好笑，"虽然谢淳归身手了得，但是也不能一群人都拦不住啊。"

"萧公子，那是因为皇上千叮万嘱过，不能伤到你们，事事都得顺着呀！"侍女说，"萧公子，你说这可怎么办呀？！"

萧予安冷静道："先别急，我应该知道他在哪里。"

谢淳归浑浑噩噩地在街上走着，他也不知道自己怎么了，这日用膳时，侍女端上一盘精致美味的菜肴，笑着对他说："谢公子，这道菜可是我们南燕国独有的，你快尝尝。"

忽然之间，一股郁结之气涌上谢淳归心头，眼前令人食指大动的菜肴慢慢地溢出鲜血，极其骇人地染红整张木桌。他猛地掀翻桌子，慌乱地站起，抬起头看去，天地变成一张大网，直直地朝他压下来。"南燕国"三个字在他耳边不停地回荡，好似恶毒的咒骂,他受不住地捂住耳朵,拼命跑了出去。

再回过神来,他已经身处皇城的大街上。

四下是摩肩接踵的百姓,吆喝声、叫卖声、讨价还价声混杂在一起,一片繁荣和谐之景。路边有煮面、煮馄饨的小摊,一掀开盖,白雾顿时氤氲,模糊了整座皇城,三年前的破国惨状似乎也连同馄饨的香气一起被百姓们吞进了肚子里。

谢淳归愣愣地站在原地,心想:这是哪里?他又要做什么?

对了,他叫谢淳归,可这是哪里?

谢淳归左右顾盼,竟然从这街道的角落里窥见一丝回忆,也是这青石板,也是那拐角巷。

这里,好像他原来的家,好像他的国。

强烈的熟悉感慢慢占据谢淳归的脑海,伴随着莫名的喜悦,他不肯放过任何角落,一点一点地辨认着。

那家店铺,不就是在卖他最爱的桂花糕吗?

那处空地,不就是他小时候玩耍的地方吗?

那声吆喝,不就是他幼年时常听的口音吗?

这里,就是他的国!就是他的家吧!

谢淳归突然兴奋起来,凭着记忆往熟悉的地方奔去。他在街上横冲直撞,毫不意外地撞到了人。

那人"哎哟"一声,站起身刚要责怪,目光落在谢淳归脸上,顿时惊愕失神,用颤抖的手指着他,好半天都说不出一句完整的话:"谢家幺儿?你……你……你怎么……我们……都……都以为你战死沙场了……你……你……你……"

谢家幺儿?

听见这四个字,谢淳归忽然想起那日听闻萧予安要北上,自己为何不顾一切想跟来的理由。

对了，他想回家看看！

那人拉着谢淳归，感慨地说："活着就好，活着就好，谢家至少没断了香火。谢家幺儿，你这匆匆忙忙的，是要回去祭拜吗？"

听闻那人的话，谢淳归费解地重复："祭……拜？"

"是啊，亡国那日，你们谢家上下二十多口人集体殉国，你家的宅子啊，血气太重，怨气太深，虽说坐落于皇城，但一直没人敢动，就这么空了整整三年呢！说起来，南燕国覆灭北国的这三年你都去哪里了？"

南燕国覆灭北国？

覆灭北国？

覆灭？

仿佛忽然有千根铁锉狠狠地绞进谢淳归的身体里，毫不留情地磨着他的脑袋和四肢，疼得他如受酷刑，有什么东西在记忆深处反复撕扯，呼之欲出。

那人瞧见谢淳归的脸色突然不对，自知说了什么不该说的话，但是又忍不住劝道："你……哎，你别这样，都三年了，看开一点，虽然现在是晏姓为天，但是没有沉重的赋税，没有飞扬跋扈的贪官污吏，百姓也吃得饱、穿得暖，手头还有些闲钱，不也挺好的吗？俗话说得好啊，这百姓吃饱就是天下，你呀，也别太在意……哎，你去哪里啊？"

那人还在念叨，谢淳归甩开他，单手抱着头，身形摇摇晃晃地跑了。

谢淳归听不见身边路人的惊呼，看不见周围异样的目光，他跌跌撞撞地穿过这条街道，再一左拐，一座宅子赫然出现在眼前。

可那座宅子牌匾破碎，可怜巴巴地砸落在地上，门前两座石狮不见了踪影，地上积着厚厚的灰尘，一踩上去就是一个脚印。

谢淳归手足无措地站在府邸门前，几乎喘不过气来，胸口传来阵阵闷痛。他一步一步地走上前，伸手缓缓地推开那扇紧闭了三年的门。

灰尘的气味扑面而来，再往里，原本干净的前院杂草丛生，全是断壁残垣。谢淳归走了几步，忽然踢到一块石头，石头滚走，露出下面的东西。

那东西掩在杂草下，不仔细看根本难以发现。谢淳归俯身捡起，发现是一张泛黄陈旧的请帖，请帖上面的字早已看不清，只能勉强辨认其中的几个字：为贺李无定……大将军……

谢淳归像从睡梦中突然惊醒，整个人猛地挺直了背，随后又慢慢地抱住头蹲下身，双手狠狠地掐着头皮，死死地咬着嘴唇，几乎要咬出血来。

他醒过来了。

他也该醒过来了。

他是谢淳归，也是谢家幺儿，更是北国的将军！他的任务是御敌护国！

一切仿佛又回到了三年前，那个高歌送粮的雪夜，前方是火光冲天燃起的滚滚浓烟，后方是没有及时送到的粮草牛车。

城中的副将跪倒在地，号啕大哭，说出的每个字都犹如浸满鲜血，字字落在谢淳归心里，比这世间任何一把刀都锋利，他说："谢将军，聂二副将被晏河清活生生地斩了双手，割断喉咙！他的士兵突破重围拼死逃回告诉我们，李将军他们去夺粮草，被困敌军军营，身陷囹圄，最后被晏河清一把火全部烧死了！全部啊！"

那日副将绝望的哭诉还清晰地在耳边回荡，谢淳归狠狠地掐着自己，把胳膊掐出触目惊心的黑紫色，这才稍稍控制住情绪。

他站起身，一步一步地往谢府正厅走去，每走一步，都带着当年拼尽全力想要将晏河清斩杀马下，想要将南燕国抵御在疆土外的决绝。

可最后，他还是败了，他终究没能护住北国。

谢淳归踏入正厅，此处已经变成灵堂，灵堂上整整齐齐地摆着二十几座牌位，灵堂后堆满了落灰的棺材。

他听见那日自己奔赴战场，母亲对他说："幺儿啊，你可记得谢家家训？"

他说："母亲，您放心，孩儿牢记在心。"

母亲点点头说："我们谢家，世代忠良，你的父亲和你的哥哥都战死在了沙场上，无愧于心，你可不能丢了他们的脸。"

他字字铿锵有力："母亲放心，敌军若想踏入北国，定得从我的尸骸上踏过去。"

母亲摸摸他的头发，柔声说："如果真有那天，别担心，黄泉路上，不会孤单的。"

时近黄昏，残阳如血，谢淳归在二十几座牌位前挺着背脊跪了下去。

母亲的忠言和今日那人说百姓吃饱是天下的话语交织在一起，明明有着天壤之别的两句话，却没有一人是错的。

谢淳归重重地磕了三个响头，一抬眼，竟在灵堂上看到了自己的牌位。他站起身轻抚牌位上的字，又匆匆走进后堂。

后堂凌乱地堆着二十几口棺材，景象十分骇人，棺材中的亲人早已变成一具具白骨。谢淳归一口棺材一口棺材地找去，终于找到了刻有自己姓名的棺材。他用尽全力打开，见里面静静地躺着一本残破的家训。

谢淳归颤抖着双手拿起家训，翻开第一页，上面只写了一句话：谢家子孙，与北国生死与共！

他终是忍不住撕心裂肺地哭了出来，而后慢慢爬进棺材里，抱着请帖和家书，蜷起身子，哽咽得几乎要背过气去。

有穿堂风吹过，呜咽之声凄凉、哀伤又无力。

萧予安在谢府找到谢淳归的时候，谢淳归正跪在地上，徒手除着杂草。他双目赤红，头发散乱，手被杂草下粗糙的地面磨得都是血，却不肯停下。

萧予安深吸一口气，在他身边半跪下，握住他的手腕，阻止他的动作："淳归……"

谢淳归的动作一停，却没有出声。

萧予安眼角微微泛红，轻声道："淳归，我们回去好不好？"

谢淳归问："回哪里？我们可以回哪里去？"

萧予安道："回宫里。"

"宫里？那是家吗？"

萧予安的喉咙仿佛突然被人掐住，再发不出一点声音。

不是，那不是谢淳归的家，就连桃源村都不是谢淳归的家。

北国才是谢淳归的家，可是北国已经不复存在了。

萧予安正不知如何回答，谢淳归已经自顾自地将最后一根杂草拔完，然后朝着灵堂恭恭敬敬地磕了三个头，又低着头，让人看不清他的表情，对萧予安说："走吧……回……宫里。"

将谢淳归送回宫中，并嘱咐侍女好好照看他后，萧予安朝自己的寝宫走去。

浑浑噩噩的一天，终是静了下来。萧予安屏退侍女，自己一个人慢慢地往寝宫走去。此时狂风呼啸，大雪纷飞，寒冷刺骨，他深一脚浅一脚地走着，任由体温一点一点地被夺走。

走近寝宫时,他突然停下脚步。

寝宫门口站着一个人,那人应该等了一会儿了,神情有些焦灼,见到萧予安后,便匆匆走来。

萧予安轻喊:"晏哥……"

"嗯。"晏河清问他,"累了吗?"

萧予安深呼吸一下,说:"不累。"

说完,萧予安突然抬起头:"晏哥,我们出宫逛逛吧。"

"好。"

时辰尚早,皇城一如既往繁华热闹,公子、小姐披着裘袄在路上擦肩而过,孩童穿梭在小巷中追赶嬉闹,到处是吆喝的小贩。

晏河清和萧予安并肩走在一起,萧予安对路边的小玩意儿很好奇,时不时地指着一样东西对晏河清喊着:"晏哥,你看这个。"

过一会儿,他又喊:"晏哥,你看那个。"

看着看着,萧予安就跑前头去了,晏河清几步跟上。

忽然,远处传来吵闹的唢呐声,奏着大喜的调,有闲不住的店铺老板探出脑袋,抻长脖子观望。

晏河清和萧予安退到路边,只见远处走来一支送亲的队伍,十里红装,鼓声隆隆,好不热闹!

萧予安笑道:"哇,大户人家啊,这么有排场!哎,晏哥,你看,那骑马的新郎官,身上的喜服挺好看的。"

晏河清顺着萧予安的目光看去,八抬花轿打眼前摇摇晃晃而过,轿子前方,意气风发的新郎官骑着枣红大马,马头上绑着绸带红花,喜庆得很。新郎满面春风,向四周庆贺的人拱手道谢,身上的喜服用了金丝点缀刺绣,做工考究,确实精致。

晏河清收回目光,在一串震耳欲聋的鞭炮响声过后正准备开

099

口，谁知不知从何处挤过来一人。那人二十岁出头的模样，揣着双手问萧予安："公子，您觉得这喜服好看啊？"

萧予安笑答："好看啊！"

那人得意扬扬地说："我家铺子做的！不是自夸，我家手艺五代传承，在前朝那可是御用裁缝，是在那皇宫绣房里拿俸禄的！"

萧予安向来是捧场的性情，赞扬的话张口就来："小兄弟这么有来头啊？失敬失敬，那穿上你们家铺子的衣裳，岂不是很有面子？"

"嘿嘿，不说面子，我们家的手艺和材质，那在这皇城，的确是称第二就没人敢说自己是第一的！"那人叉着腰，被夸得神清气爽，只觉得眼前这位小公子很顺眼，伸手拍了拍他的肩膀说，"小公子，我看我们有缘，要是你愿意来我家铺子做衣裳，我给你打折！"

他刚拍了一下，第二下要落在萧予安肩膀上的时候，突然被人钳住手腕，止住了动作。

那人愣住，抬眼看去，见是位面如冠玉、目如朗星，品貌非凡的黑衣男子。

晏河清不动声色地将那位小兄弟的手拿开，淡淡地问："你家铺子在何处？"

小兄弟热情洋溢地回答："就在东街口！从这里直走，拐个弯就到了！"

晏河清点点头，而后往前走去。

萧予安一脸茫然地问："晏哥，去哪儿啊？"

见晏河清不言不语，他也就不再追问，乖乖地跟上。

不多时，二人便寻到方才那名小兄弟所说的店铺。这家店铺确实不同于一般小铺子,乍一看更像一座工坊,染坊、织坊、绣坊一应俱全。

有伙计见两位气质不凡的公子走进,忙笑脸迎上:"两位,是来买布还是来做衣裳呢?"

晏河清说:"做衣裳。"

萧予安一脸震惊。

伙计"哦"了一声说:"您有所不知,我们的衣裳都是掌柜亲手制作,只有王公贵族才请得起我们掌柜的。我看公子气度不凡,应当也不是平常人。不如这样,二位入屋坐一会儿,我去问问我们掌柜的,看他愿不愿意与公子见一面。"

伙计礼数周到,将晏河清和萧予安迎进屋中,然后前去禀报。

萧予安这才从震惊中缓过神来:"晏哥?这是?"

晏河清不紧不慢地说:"送你件衣裳。"

萧予安说:"可……"

"无妨。"

"但……"

"无妨。"

两句"无妨"说完,晏河清再一次问:"萧予安,你想要新衣裳吗?"

萧予安点点头,干脆利落地回答:"想。"

话音刚落,门外便传来脚步声。一位中年精瘦男子走入,那男子一开始还端着架子,摸着脸上的小胡子昂着头,看到晏河清后,喉咙里突然发出一声极高的尖叫,然后跪拜下来:"皇上!"

晏河清和萧予安有些惊讶,萧予安问:"你竟然识得皇上?"

掌柜抖如筛糠:"回……回……回这位爷,之前小人曾有幸见过皇上的画像,那画像画得栩栩如生,把皇上的英俊潇洒、风流倜傥、高大威猛、风度翩翩、英明神武全画出来了！所以小人印象深刻！"

——这位老板，难道你的江湖称号是成语词典？

萧予安一边拉起老板，一边摇摇头，说："看来画得还不算太好，皇上的长身玉立、俊逸无双、超凡脱俗、清秀帅气、玉树临风都没画出来。"

掌柜闻言震惊，本以为自己拍马屁的功底已经炉火纯青，没想到山外有山，人外有人啊！

还不知自己被当成拍马屁的萧予安笑问："掌柜的，你们这里的衣裳大概要多久能做好？"

"半个月……不！只要量了身，皇上给小人七天！小人七天就能做好！"掌柜一拍胸脯，信誓旦旦地说道。

"那赶紧量吧。"萧予安张开双手，往前一站。

掌柜的瞪大自己的小眼睛："这位爷，你……你……你？"

"别你了，我做一身，皇上一身。"萧予安笑嘻嘻地说。

掌柜的看了一眼晏河清，见他点点头，连忙说道："明白！"

量好身后，二人被掌柜的三拜九叩地送了出去。时辰已经不早，又刮风落大雪，街上变得冷冷清清，只剩几家还开着门的店铺，在皑皑白雪中点着暖暖的烛光。

他们慢慢地往宫殿走去，萧予安突然开口说："晏哥，我觉得我的身体好多了，你看我之前走路跟跟跄跄的，这几日都稳健起来了。"

晏河清身形一顿，"嗯"了一声。

两个人回宫后，有侍女迎了上来："皇上、萧公子，谢公子在等你们。"

萧予安惊讶："这么晚？"

侍女面露无奈之色："我们也一直劝谢公子有事可以明早再说，但是谢公子不愿回去。之前皇上嘱咐我们事事都得顺着，所以没人敢让谢公子走。"

萧予安想到这天谢淳归的情绪极不稳定，担心他出什么事，看了晏河清一眼后，匆匆地往寝宫走去。

晏河清看出萧予安的眼神不对，几步跟上。

寝宫内，谢淳归站在桌边，一支快要燃尽的蜡烛滴着蜡油，蜡油凝聚在烛台上。

"淳归。"萧予安轻声呼唤。

谢淳归扭过头来，双眼通红，仿佛大哭了一场。他看着萧予安，一步一步地向他走来，每一步都像踏在钢丝上，脚步微晃。

"你怎么了？"萧予安几步上前，与谢淳归只有一步之遥。

晏河清蹙起眉，紧紧盯着谢淳归。

"我……"谢淳归低着头，嗓音沙哑，仿佛在刻意掩饰着什么，又好像在等待着什么。

晏河清察觉异样，想要上前去拉萧予安，可就在他迈步的一瞬，谢淳归猛地从怀中抽出一把匕首，然后扑向萧予安。

萧予安的瞳孔骤缩，一步后退。

与此同时，晏河清也跟着几步上前想要护住萧予安，然而谢淳归的目标根本就不是萧予安。他虚晃一招，一个转身，紧紧地握着匕首，就这么没带半点犹豫地捅进了上前来拉萧予安的晏河清的腹部，又蓦地拔出，然后再次捅进去！

窗外忽然狂风大作，几乎要将院内那棵脆弱的小树连根拔起。

鲜血霎时溅上萧予安的脸和衣服上，像能毁他容、烧他身的火，把他烫得浑身颤抖，

萧予安听见谢淳归在喊他："皇上。"

不过是简简单单的两个字,在脱口的那一瞬,萧予安的脖颈上悬了一把刀,拿着刀的不是别人,正是曾经为北国流尽血和泪、尸骨未寒的将士们。

侍女的尖叫声率先打破了夜的寂静,趁着寝宫外的侍卫还未反应过来,谢淳归蹿上寝宫的门,又用桌椅堵死门和窗,一回头,看见萧予安正在为晏河清止血,他脱下外衣堵着晏河清的伤口,外衣被染得血红一片。晏河清支撑不住,摇晃着倒了下去。

"晏哥!晏哥!"萧予安扶着晏河清靠坐在角落。

大量失血让晏河清神志不清,意识模糊,他费劲地张嘴想说什么,又什么都说不出。

"晏哥,你别说话了,你别说话,会没事的。"萧予安处在崩溃边缘,满脑子只有晏河清一定不会死的念头,可是晏河清的呼吸渐渐变得微弱,他的意识涣散,慢慢地闭上眼。

萧予安顿时就慌了,双手按着晏河清的肩膀,不停地喊:"晏哥,别睡!你别睡,你看着我,你……"

话音未落,他被人突然揪住领子,一把按在了墙上。

谢淳归双目赤红,死死地攥着萧予安的领子:"皇上,你在做什么?!你不记得了吗?就是他杀了北国的将士们,就是他亡了我们的国家!你不应该恨他吗?你为什么不恨他?皇上,您还记得自己姓周名煜吗?!你是我们的皇上!你是北国的皇上啊!"

萧予安说不出话来,只是不停地摇头,不停地喃喃着"对不起",一声一声,像个十恶不赦的罪人,如今终于受到应有的惩罚,只剩无尽悔恨和无人原谅的罪孽。

"够了!皇上,您为什么要一直道歉?!为什么?"谢淳归嘶吼着，却迟迟得不到答案。

寝宫外忽然传来破门声和急急的马蹄声，还有薛严的喊声，看来护驾的将士已经赶来。

谢淳归神色沉静而且极冷，他拿起还滴落着晏河清的血的匕首，正欲冲出门，却被萧予安一把拉住。

萧予安恳求般地大喊道："别去，你会死的！淳归，走吧，你能走得掉的，肯定能走得掉的，回桃源村吧，回去吧。"

"皇上，已经回不去了。"谢淳归摇摇头，将手慢慢地抽回，语气明明那么平静却显得如此残忍，"皇上，谢家子孙只有两种下场，要么终老在北国的盛世中，要么战死在沙场上，三年前没能和兄弟们一起走，如今，我该去追赶他们了。"

说罢，谢淳归便义无反顾地挥着匕首冲了出去，决绝得令人战栗。

萧予安一下子跪在地上，他靠着脑海中最后一根没有断的弦，回身继续给晏河清按住伤口，一遍一遍地喊着"不要睡"。再然后，有人闯了进来，有人将萧予安制住并按在地上往外拖，有人匆匆上前替晏河清治伤止血。

一切都仿佛哑了声、失了色，只剩混乱和狼藉。萧予安想追问晏河清的伤势如何，却被人狠狠地拖出寝宫。

寝宫外，大雪纷飞，天寒地冻。

薛严的脸色带着后怕的惨白和怒意，萧予安被押到他脚下，听见他说："北国君王，你好狠呐，与北国余孽一起刺杀皇上，你怎么能如此恶毒？"

萧予安没有回答也没有辩解，只是蜷缩在地，狼狈不堪。他一遍一遍地问自己为什么会这样，可又不知从何处寻找答案。

或许从他自以为能护住北国的那一刻开始，就注定了他会有这样的结局。

薛严做事向来干脆利落，他知道北国废帝再留不得了，此前晏河清一意孤行，现在被刺杀后还将人留在这里，只会沦为笑柄。

今日，北国废帝，一定得死。

天地狂风呼啸，大雪扑面，寒冷刺骨。

薛严呼出一口白雾，慢慢地从腰间拔出长剑："北国废帝，可还有话要说？"

萧予安身上还沾着晏河清的血，他的衣衫已被落雪浸湿，乌黑和透白糅杂在一起，又被大雪覆盖。他撑着身子缓缓起身，四肢因为寒冷而冻僵，他的眼神麻木无光，他问："晏哥……他……他还好吗？"

薛严攥紧手中的剑，盯着萧予安看了半晌，有些不敢相信。他沉默一会儿，如实回答："皇上没有性命之忧。"

"那真是太好了……"萧予安的声音微微发抖。

薛严这才发觉自己或许误会了眼前之人，可是为了晏河清，为了南燕国，为了天下，今日他无论如何都不会手下留情："北国废帝，如果没有其他话，就上路吧。"

哪知萧予安摇摇晃晃地站起身，说："薛将军，我可以求您两件事吗？"

"你求我？"薛严不可置信。

"对。"

"但说无妨。"

萧予安说："第一件事，今夜过后，您可以把谢淳归的尸体送回谢家吗？"

"谢家，原来方才那人就是当年全府殉国的谢家之子？"薛严道，"忠肝义胆，应当被敬重，好，我答应你。还有一件是何事？"

萧予安望向远方,这偌大的皇宫,处处有着北国的影子,一草一木,一花一石,雕栏画栋,亭台阁楼,可没有一处能映入萧予安的眼中。他的双眼空洞无神,说:"这个了断,能不能让我自己来?"

薛严一愣,然后点点头,将长剑递了过去。

萧予安接过剑,后退几步,寻了一积满厚雪的高处空地,跪了下来。他深吸一口气,将手中的长剑放在身侧,而后重重地磕了十三下,每一下都紧跟着一句"对不起",磕完最后一下时,他的额头已经鲜血直流。

对不起,是他放虎归山。

对不起,是他没护住北国。

对不起,是他成为北国君王却仍然只想做萧予安。

对不起,是他曾拼尽全力,却败在不可更改的天命之下。

既然如此,拿命赔罪可以吗?

就像曾经,他把命赔给因为自己的离去而极度怨恨自己的弟弟那样。

这样是不是就可以消去一切仇,带走一切恨?

磕完之后,萧予安忍住头疼和眩晕,垂眸拿起身旁的长剑架在了脖子上,回过头对薛严说:"薛将军,我有一句话,想请您转告晏河清。"

一阵寒风怒号而过,天地苍凉,呼啸的大雪几乎要将萧予安的声音掩盖。

与此同时,寝宫内的晏河清缓缓睁开眼,一旁的太医欣喜道:"皇上,您醒了?您感觉如何?"

因为失血,晏河清的嘴唇发白,神情恍惚。他愣了半天才记起自己晕倒前发生的事情,随后不顾四下旁人的阻拦,捂住伤口撑着身子站起："萧予安呢？"

"萧予安？这是何人？哎，皇上！皇上，您的伤口！"太医被晏河清一把挥开，徒劳无用地喊了几句。

晏河清跟跟跄跄地往外奔去。他跑出寝宫，扶着柱子，喘了好几下气才没倒下去。缓过来后，他抬起头，焦急地四下寻找，然后将目光定于正跪在天地间的那人身上，他张口要喊，却因为虚弱而喊不出声，只能拼尽全力地往那处奔去。他的身后，皑皑白雪上留下了一条蜿蜒的血迹，随后立刻被风雪掩埋。

不远处，萧予安继续说："劳您转告晏河清，让他过好后半生，我想看看，他的太平盛世，他的繁华天下，他的江山社稷，是怎样一副安稳的模样。"

这句话，一字不落地传进晏河清的耳朵里。他意识到什么，恨不得飞奔过去，可是他浑身无力，脚步虚晃，眼前的一切仿佛都模糊成落雪的惨白。他按住自己的伤口，腹部的伤口顿时传来剧烈的撕裂感。

晏河清伸出手，发疯地喊道："萧……萧予……"

可风雪那么大，晏河清的声音那么微弱，萧予安从始至终没往这里看一眼，他闭上眼，握着剑柄的手微微发抖。

再然后，一道银光划破天际，也划进晏河清的眼底。

不过是一瞬，世间只剩殷红和惨白，晏河清眼睁睁地看着萧予安倒了下去，动作很缓很慢，倒地却极重，地上的落雪顿时飞起数寸。晏河清也跟着跪了下去，因为失血而再度晕了过去。

猩红渗入积雪，染上大地。

第五章　故人重逢

都说人死后能看见什么摆渡接引，什么牛头马面，什么黄泉孟婆，可萧予安一睁眼，只有白茫茫、雾蒙蒙的混沌。他不知所措地站在原地，四顾茫然。

忽然，有人从他眼前匆匆跑过，竟是谢淳归。

谢淳归不停地喊着"等等我"，然后前方出现了一个人影。

那人慢慢地转过身，端正的五官，笑得有些傻气。他扶住跑得步子踉跄的谢淳归，笑了一声，说："等着呢，放心啊，一直等着呢。"

谢淳归的眼眶渐渐红了起来，在沙场上横绝无畏的谢小将军脸上竟露出一丝委屈，甚至抽噎道："李将军，我……我没保护好北国……我没救下兄弟们……"

李无定伸出手揉揉他的头发："你呀，才几岁啊，天天一副大人的模样，非要往自己肩上扛担子，八十岁再赶着找我不好吗？急什么啊，我不是一直等着吗？好了，不哭了，兄弟们都在前方等着呢，可不能让他们看到你这副模样，你这模样，我知道就够了。"

谢淳归擦干眼泪，重重地点点头："嗯。"

李无定笑了，说了一句"等等"，然后转过身，看向了萧予安。

萧予安看着他，轻声说："对不起……"

李无定摇了摇头，笑道："皇上啊，有时候活着反而更痛苦，您真的觉得，一生都活在叛国的良心谴责中会比殉国好吗？更何况，当初您除奸臣、为百姓，我们都看在眼里。护明君、守社稷，是兄弟们自己选的路，您自责什么呢？"

李无定说完，对萧予安行了一个军礼，转身与谢淳归并肩离去，两个人渐渐消失在远方的白雾中。

萧予安忍不住追了几步，却听见有人在呼唤他："皇上。"

那声音太过熟悉，让萧予安不禁浑身颤抖起来，猛地转过身。

一如初见，流云螺髻，青色素袍，神情温柔。她眉眼含笑，对着萧予安行礼，再次轻声呼唤："皇上。"

萧予安不可思议地瞪大眼睛："红袖……"

"皇上，是我，有什么吩咐吗？"红袖笑问。

萧予安看着她的笑容，哑着嗓子说："我……我不是北国皇上，我……我不是你的皇上……"

他不是北国君王，不知当初为北国君王殉命的红袖，可曾后悔过？

红袖面露疑惑之色，想了想，问："当初我生病，在一旁照顾我还逗我笑的，是您吗？"

萧予安一愣，好半天才回答："是我……"

"允许我出宫看望妹妹，还亲自写手谕给我，能让我带着御医顺利出宫的，是您吗？"

"是我……"

"赠我精心挑选的朱红花簪的，是您吗？"

萧予安慢慢地点头："也是我……"

红袖笑了笑，笃定地呼唤："皇上。"

萧予安突然泪涌如泉。

红袖几步上前，轻轻地拭去萧予安的眼泪："皇上，你怎么了？是觉得哪里不舒服吗？"

萧予安泪流满面，声音哽咽，他说不出话来，只能不停地摇头。

红袖浅浅地笑着，柔声说道："皇上，我啊，是希望您好好地活着，好好保重，您别轻忽自己的命呀。"

萧予安泣不成声，胡乱地点着头，他被红袖扶住肩膀往回推："皇上，还有人在等您呢，快去吧。"

被人猛地一推，萧予安蓦地睁开眼，感到一阵眩晕。

他没想过自己还能醒来。

旁边有身着护士服的女孩轻声呼喊："萧总醒了！"

萧予安呆呆地看着四周现代化的医疗设备，一时间有些缓不过神来，深深的哀伤和苦楚还留在他心里，久久无法消散。

有医生推门而入，给萧予安做全面的身体检查。

"我这是……怎么了？"萧予安只觉得头疼欲裂。

"萧总，您在疗养院看望病人的时候，昏倒了。"医生解释。

萧予安这才隐隐记起之前的事。

医生说："萧总，国外有一种刚进入临床四期阶段的药物，是针对您的病症的，配合手术治疗，说不定能让您的身体痊愈，您要试试吗？"

萧予安沉思良久，说："试试。"

半年后，萧予安被推入手术室。他戴着呼吸机，感受冰冷的针头将麻药推入身体里。

接下来，眼前的一切都渐渐模糊成光圈，再也看不清。

不知过了多久，萧予安的知觉回到了身体里，于是慢慢地睁开眼睛。

天色微明，四周晦暗，竟然让人一时分辨不出是清晨还是傍晚。

萧予安直愣愣地看着眼前的金纱幔帐，只觉得眼熟得很，歪着头又辨别了一会儿，心里不由得惊呼了一声。

这不是他寝宫的床榻吗？

他又做梦了。

之前的回忆一鼓作气地涌进脑海，萧予安猛地坐起，青丝悉数滑下肩头散落在眼前。大约是因为他的动作过大，惊扰到身旁之人，身边传来一声不舒服的哼声。

萧予安转头看去，惊诧地看见晏河清正趴在自己床边。

寝宫渐渐明亮起来，原来此时是清晨。

萧予安看着晏河清，愣愣地伸手狠狠地掐了自己一把。

疼！还青了！

曾经那些疼、那些痛、那些鲜血淋漓的事实一齐涌入萧予安的脑海里，让他头疼不已。

萧予安有些茫然，但是失而复得的喜悦冲昏他的头脑，他侧躺下来，却觉得有些古怪。

晏河清呼吸急促，眉头紧紧地蹙着，不知是不是在做噩梦，两只手攥紧。

怎么回事？发烧了吗？

"晏哥，晏哥？"萧予安慌乱起身。

晏河清迷迷糊糊中喊了一声"萧予安"，萧予安连忙应道："是我。"

谁知晏河清在得到回答后，狠狠地掐住萧予安的胳膊，不过一会儿竟在他胳膊上留下了红色的指印。

萧予安痛得受不住，下意识地去推晏河清："晏哥，疼啊，你醒醒……疼！"

他双手按住晏河清的肩膀，不停地摇晃："晏哥！大兄弟！你行行好，清醒一点！"

摇晃之下，晏河清渐渐睁开了双眼。他停下动作，有些茫然，似在思考，眼神也渐渐清明起来。

萧予安长吁一口气，瘫在床上，胳膊上的痕迹有些惨不忍睹。

他抬头看着晏河清,刚想笑着抱怨一声,却见对方突然难以置信地睁大眼睛。

晏河清猛地站直身子,往后退了半步,声音中带着毫不掩饰的怒意:"你为何会在这里?!"

萧予安被问愣了。

他不在这里能去哪里?

"啊?我……我……"萧予安不知怎么回答晏河清。

晏河清感觉头晕目眩。

萧予安看着晏河清:"我……"

哪知话还未说出口,萧予安的衣襟突然被晏河清揪住,勒得他几乎喘不过气来。

晏河清的声音极冷,眼底的怒意仿佛燃烧的熊熊大火,顷刻间就能将萧予安吞噬得一干二净。他几乎是在低吼:"你之前干了什么?"

领子被人攥紧,萧予安觉得呼吸不顺,难受得要命,一边伸手想制止晏河清的动作一边争辩:"我没有……"

然而一句话还没说完,他就被晏河清扔下了床榻。

萧予安整个人着地,在地上滚了好几下没止住身形,脑袋一下子磕上桌角,鲜血顺着伤口流淌,染得眼前一片红。

萧予安一时青丝散乱,狼狈不堪。他捂住额头,疼得双眼发花,几乎要昏厥过去。

可晏河清连个眼神也懒得施舍他,语气冰冷地吼道:"滚!"

萧予安彻底傻在原地,饶是再迟钝,此时也知道有什么地方不对,却又不知是哪里不对,只得求助般地喊:"晏哥?"

这个称呼终于彻底激怒了晏河清,双眸里全是狠戾和厌恶。他将萧予安的头重重地往地上一按,声音因为压抑的怒气而让人觉得更加可怕。他狠狠道:"你再这么叫我一句试试?"

然后萧予安就被扔出了寝宫。

外面还下着雪,萧予安就这么被扔在了雪地里。天寒地冻,四周不时有侍女、侍卫走过,看他的目光里有怜悯也有嘲笑。

萧予安愣愣地看着眼前万分熟悉却对他紧闭着的宫门。他身上有擦伤,额头的血还未止住,一沾上凉雪,又疼上了三分。

有一名侍女实在看不下去了,上前扶起他:"萧郡王,回吧。"

萧予安猛地抬头看她,疑惑道:"萧什么?"

侍女吓得一愣,低声回答:"郡王……"

萧予安突然站起身,边裹紧衣服边四下寻找。他没穿靴子,双脚踩在雪地里,不一会儿就被冻得麻木通红。

终于,眼前出现一汪浅池,萧予安扑上前,跪在池边,呆呆地看着水池中自己的模样,好半天没说出话来。

此时此刻,湖面倒映的不是北国君王那张柔弱绝美的面庞,而是一张清秀俊逸的脸,面如瓷,眸含月,眉眼尽是温柔,勾唇一笑又带着恣意,那是世间少有的无拘无束的模样。

这张脸,和萧予安长得一模一样。

所以这次梦里的他不是北国废帝,而是西蜀萧郡王?

此时的萧予安额头流血,嘴唇惨白,身着单薄中衣,浑身上下全是擦伤,动一动就疼,再好看,也是一副惨不忍睹的模样。

太多的问题接踵而至,萧予安捂住额头,有些不知所措地跪在那里,身子隐隐在抖,也不知是疼还是冷,又或者两者都有。

方才那位劝他回去的侍女小跑过来,拿了件外衣披在他身上:"萧郡王,奴婢送您回寝殿。"

萧予安点点头,在侍女的搀扶下站起身。

萧予安暂居的寝殿在皇宫的西侧,这里时常被用来宴请宾客,也是外使所居之地。侍女去太医殿为萧予安要来了治伤的药，给他清理包扎额头的伤口。

萧予安东翻西找，竟找出一本手记，他看完很快就明白了这是怎么一回事。

三年前，西蜀国就已经慢慢处于政权割据的状态，首先是西蜀国的皇上因病驾崩，皇位一时间无人继承。西蜀国的公主和皇子都可以参与政权争夺，宫廷关系极度复杂，又没有一个能像萧平阳那样独揽大权之人，内斗过程中出现了不少两败俱伤的情况。

此时西蜀国又恰遇天灾，加之百姓起义、蛮夷入侵等事，一个本来稳定的国家，活生生被变成了烂摊子。

不过三年时间，西蜀国皇位从炙手可热的香饽饽变成烫手的山芋，原本想要皇位的人在内斗中死的死，伤的伤。萧王爷其实是与世无争的性子，向往悠然自得的生活，但是现在国家到了生死存亡关头，他只能独自扛下重担。

谁知内忧还没解决，外患就来了。

南燕国统一三国后，开始对西蜀国虎视眈眈。西蜀国自从落败以来，国土便因四周蛮夷的侵略而不断陷落，与南燕国作对，根本就是以卵击石。

萧王爷为了保全西蜀国，自削王为公，降尊示好，表示愿意年年朝贡南燕国，只求保全国土，不被拿走西蜀国的称号。

哪知晏河清不吃这套，摆明自己要的是天下不是什么附属国。萧王爷束手无策，只得千里迢迢来到南燕国俯首称臣，能拖一天是一天。

皇帝做到这份儿上，真是窝囊又心酸，可笑又无奈。

萧王爷对南燕国称臣的时候，距离刺杀事件已过了一年。晏河清听闻萧王爷的姓名后，非常急切地来和萧王爷见了一面，然后又冷着脸离去。

萧王爷用尽一切手段,却依旧没能得到晏河清的一个眼神,更不要说让他打消出兵的念头。

走投无路之下,萧王爷寻到一人,在那人的帮助下进了内宫,想再见晏河清一面,为西蜀国求得一条生路。

再然后,就是他醒来的事情了。

萧予安合上手记,十分感慨地叹了口气,低声说:"辛苦了。"

也不知手记里提及的那位帮助萧王爷的人是谁?竟然能让萧王爷进入晏河清的内宫,想必定是位高权重、深得晏河清信任之人。

而且竟然已经过了一载,这一载光阴,说长不长,说短不短,不知晏河清是如何度过的。

萧予安拿来笔墨,自己沾水研墨,翻开手记最后一页在上面写了大大的"记仇"两个字。

他再喊一声"晏哥"他就是小狗!不喊,再也不喊了。

萧予安气势汹汹地一把合上手记,过了一会儿,又默默地打开,在后面加了一个"汪"字。

"萧郡王,奴婢帮你清理下伤口,可能会有点疼,您忍忍,奴婢会尽量动作轻一点的。"身旁的侍女柔声道,小心翼翼地替萧予安包扎着额头上的伤。

之前萧予安浑浑噩噩,一心只想弄明白是怎么回事,此时静下心来,才发觉这名侍女一直在帮自己。

萧予安刚要抬头道谢,却在看到侍女的脸后,愣在原地。

那名侍女还未察觉萧予安眼神的异样,小心地替他上药:"萧郡王,您身上的擦伤要拿热水清洗一下才行,奴婢去……"

萧予安突兀地打断她,急促地问:"你叫什么名字?"

117

侍女微微一愣，回答："我……不，奴婢名叫添……添香。"

萧予安深吸一口气，问："你是不是有个姐姐？"

添香愣愣地点头："萧郡王是如何知道的？奴婢有个姐姐，叫红袖。"

话音刚落，萧予安就又哭又笑，吓得她以为自己说错了话，就要下跪道歉。萧予安连忙一把拦住，顺手拉了张凳子，让她坐下："你为何会入宫做侍女？"

红袖死后，他不但厚葬了她，还赏赐黄金百两给她的弟弟妹妹，让他们成家立业，就算北国亡国，添香也不可能会沦落到进宫当奴婢的地步。

虽然不知道萧郡王为什么会对自己的身世好奇，但添香还是老老实实地回答道："回萧郡王，奴婢自幼无父无母，和姐姐弟弟相依为命，几年前姐姐出了事，我和弟弟靠做手工小物品维持生计。后来北国覆灭，没人再对那些小物件感兴趣，弟弟也大了，奴婢没法子，便试着入宫，最后被选中。"

萧予安眉头紧蹙："你姐姐出事后，宫里没派人吗？"

添香点点头："有人来安抚了我和弟弟，还给了皇上的赏赐。"

萧予安问："多少？"

添香眨眨眼说："好多！足足一两黄金呢！"

"一……一两？"

添香说："对！"

萧予安："……"

估计是被那经手办事的大臣给贪了。

萧予安气得火冒三丈。添香瞧萧予安一副阴晴不变的模样，有些害怕。她本是宫中最卑微的宫女，哪里有脏活、累活就去哪里。前日，她被派来伺候这位萧郡王，听宫里其他姐姐说，这种外来的郡王脾气都不好,可能会动不动就打骂奴婢,让她多加注意。

添香坐立不安,正不知如何是好,却瞧见萧予安突然起身,翻箱倒柜起来。他之前好歹也是一国之君,再怎么落魄也有些底子,不一会儿就翻出一堆金银细软。

萧予安将找出的东西全部塞给添香,说:"这些你先拿着,九十九两黄金,我一定如数奉上。"

添香结结巴巴地问:"九十九两……黄……黄……黄金?"

萧予安不容置喙地点点头。

身为一名霸道总裁,说给一百两黄金,就是一百两黄金!一两都不能少!

而此时此刻,作为一名遇上霸道总裁的女子,添香看着自己手中的金银细软,满脑子只有一个念头——完蛋,萧郡王早上被皇上赶出来,受刺激后,脑子不正常了怎么办?

早春,青枝,几朵寒酥未肯消。

皇上寝宫外,一名男子正不依不饶地和门口的侍卫争辩:"让我见见你们皇上!我有要事和他说!"

"萧郡王,皇上已就寝,请不要大声喧哗,请回。"门口的侍卫冷着张脸,握着剑鞘,无情地赶人。

大兄弟,这才酉时啊!太阳还挂在山头,这个点睡锤子睡啊!

侍卫深沉地说:"虽然才酉时,但皇上有他自己的想法。"

萧予安:"……"

另一名侍卫忍不住了,小声道:"萧郡王,你就别为难我们了,上次出事后,皇上一怒之下把原本负责寝宫的侍卫全部革职了。近来皇上心情不好,萧郡王,你说你何必惹怒龙颜?"

晏河清本打算将萧王爷赶回西蜀国,但大臣们劝阻说萧王爷是来称臣的,还是西蜀国的一国之君,这么赶走人不符合规矩。晏河清斟酌利弊后,没再赶人,却不愿见萧予安。

萧予安在脑海里编排了各种各样让晏河清认出自己的办法,结果毫无用武之地。

今天也依旧没见到晏河清,萧予安悻悻而归。添香看不下去,劝说道:"萧郡王,宫里的大家都知道,皇上是一个重情义的人,我听别人说,他之前有个好友,那人过世后,皇上每日只要得了空闲,就会去那人的墓碑前祭拜。所以您别再去招惹皇上了。"

几日的相处下来,萧予安发现添香的性情与红袖大不相同。红袖无论是说话还是行动都极为谨慎,在宫中侍奉君王多年的红袖,早已养成了八面玲珑、善解人意的性格;添香则是单纯的小姑娘,虽然已刻意掩饰,但骨子里的直率还在,说话也常常是想说什么就说什么。

"我知道他重情义。"萧予安惆怅地说。

"您知道为何还去招惹皇上呀?"添香不解。

萧予安摆摆手,没解释。

添香知道他也有苦衷,却只能长长地叹一口气。

萧予安满心想着如何才能见到晏河清,忽闻外头有人来访。他正疑惑是谁,竟看见黄越背着手走了进来。

黄越喝退侍女、侍卫,寝殿里只剩他和萧予安。他也不客气,不等萧予安开口,自顾自地坐下,而后端起茶杯慢慢地抿了一口,问:"萧郡王,之前我与你说的事,可改变主意了?"

萧予安:"……"

什么之前的事啊?什么主意啊?为什么萧王爷和黄越勾搭在一起了?!

萧予安突然冒出了一个想法,于是故作深沉地说道:"那事我还需要斟酌一番，不知黄将军能否引我见见皇上？"

话音刚落，黄越便直直地盯着他，直盯得他背后发毛。

沉默许久，黄越皮笑肉不笑地说："我早劝郡王听我的话，不要去做算计皇上这种傻事，可惜萧郡王不信我，如今萧郡王这是看开了，还是威胁我呢？可惜啊可惜，皇上不愿见你。我再奉劝萧郡王一句，薛严现在和皇上已有隔阂，无权无势，只是仗着新升迁上来的陈歌才能说上几句话，还请萧郡王看清局势。"

说完，黄越冷笑一声，起身离去。

萧予安一脸茫然，又去翻了翻萧王爷的手记，发现手记里半个字都没提到黄越。看来是件见不得光的事情，萧王爷怕留下证据，所以只字未提。

难道就算没有李无定争功，黄越还是打算造反？

"你们该造反的造反，该权谋的权谋，怎么样都无所谓，能不能先让我见晏哥一面啊！"萧予安将手记丢在一边，抱着脑袋哀号，"等等！"

萧予安突然想起什么，急忙叫来添香，问："添香，你之前说，皇上每日得了闲都会去祭拜故友？"

添香点点头，回答："是啊。"

萧予安眼前一亮，急切地问："那这个地方在何处？"

添香猜出他的想法，慌乱地连连摆手："那处除了皇上，谁都不允许进的！进去是要掉脑袋的！萧郡王，您别打那处的主意啊！"

"添香，只要我能见到皇上，就不会有事的！你信我！"萧予安说。

"您有什么办法呀？那处真的是禁地！"添香还是不答应。

萧予安笑道："我给皇上唱歌啊。"

"唱……唱歌？"

"对。"萧予安清清嗓子，开口就唱，"大河向东流啊！天上的星星参北斗啊……你那什么表情？你别担心，这个办法不行，我还可以去感化皇上！"

萧予安还在念叨，添香站在一旁无语。

萧郡王……果真傻了！

这可如何是好？

萧予安话音刚落，添香哽咽道："萧郡王，我知道在异国他乡很辛苦，您一定要坚强啊，等等奴婢就去太医殿问问有没有什么静心安神的药，这两日您可一定要好好休息！奴婢会好好照顾您的！"

结果最后经不住萧予安的软磨硬泡，她还是带萧予安去了晏河清祭拜的地方。

那处竟然在北国曾经的祭天坛，添香边领着萧予安寻祭拜的地方，边和他说起了传闻。

传闻中晏河清哭了整整三日。

"哭了整整三日？"萧予安从未见过晏河清落泪。晏河清的性子向来隐忍，遇见再困苦再难过的事情只会打碎银牙往肚子里吞，原著里也从未有过任何大喜大悲的表现。

添香点点头，回答："所以萧郡王，您可千万别再做之前那种傻事了。"

萧予安笑道："放心吧，不会的。"

添香刚松口气，又听见萧予安笑道："以后可就是故人重逢的好事了。"

添香："……"

萧郡王这已经不是傻了吧？是疯魔了吧，是失智了吧！这可如何是好?

两个人找到禁地后,萧予安站在原地久久说不出话来。

那是一座带着院子的小屋,院子围着篱笆,种着桑麻,还有一个小池塘,池塘里的莲叶在冬日已变成了残叶枯枝,但若是夏天,定是一片无穷碧、别样红的美景,残叶下还有一指长的小鱼在摇头摆尾。

而那小屋,与当初萧予安在桃源村所居的屋子一模一样。

添香小声说:"因为怕破坏这份宁静,所以皇上只在附近安排了巡逻的侍卫,这屋子周围并没有守卫。"

萧予安"嗯"了一声,感到自己的声音有些哽咽,连忙低头平复了一下心情,然后上前就要推开小屋的门。添香忙拉住他:"萧郡王!这里除了皇上谁也不能进的!我们还是别进去了,就在外面看看吧,万一被皇上知道了可就死定了!"

萧予安拍拍添香的手安抚道:"没事的,添香,你信我,如果你不想进,就在外面等等我,我进去看看就出来。"

添香一下子没拦住萧予安,眼睁睁地看着他推门走进小屋,自己只能在原地绞着衣袖干着急。

屋内的摆设果然与萧予安在桃源村所住的厢房一模一样,唯一不同的是中央立着一座坟,坟前摆着祭品和小鼎,小鼎上插着三炷香,香火缥缈,恍然如梦,四下干净又安静。萧予安走近,看见墓碑上挂着一支玉笛,正是当初他送给晏河清的那支。

玉笛的红缨早已变成暗红色,透着旧意。萧予安伸手拿下,用指尖细细地摩挲着笛身。

他微微动容,将玉笛放在唇边。

身后突然传来一声怒不可遏的低吼:"放下!"

萧予安被吓得浑身一抖,一个没拿稳,玉笛从手中滑落,重重地砸在地上。

一声清亮脆响，玉屑飞溅，玉笛摔成两半，凄惨地在地上滚了几圈。

天地一瞬间安静下来。

晏河清眸子里先是溢满了不可思议的神情，呆愣地看着地上碎成两截的玉笛。他踉跄两步，而后扑上前捡起玉笛，不停地将碎笛拼在一起，可无论怎么拼，在他松开手的那一瞬，玉笛还是断了。

萧予安浑身一僵，但反应极快，他一步上前，蹲在晏河清面前，话语快而清楚："晏河清，你看着我，我是……"

哪知一句话未说完，晏河清蓦地抬起血红的双眸，突然伸手掐住了萧予安的喉咙，将他重重地往墙上撞去。

这一下极重，萧予安感觉五脏六腑都快被撞错位。他眼前一花，喉咙传来剧痛，肺部的空气一点一点地被抽离，脖子仿佛下一秒就会被捏碎扭断，却只能无力地发出嗞嗞声。他试图挣扎，被晏河清制止后再一次狠狠地往墙上撞，这次磕到了他的头，脑袋顿时嗡鸣作响，视线模糊。

晏河清根本不给他解释的机会，已经起了十二分的杀心。

萧予安试图让晏河清听自己说话，却被掐得呼吸困难，更不要说发出声音。再这么下去，他只能被晏河清活活掐死！

萧予安浑身发寒，靠着本能挣扎。

眼见晏河清的手好似无情的铁链，越绞越紧，外面忽然奋不顾身地跑进来一人，跪在晏河清面前，不停地磕头大喊："皇上！皇上息怒啊！皇上，您不能在此处杀人！会有血气的！会叨扰逝者清净的！"

此人正是添香。

添香的话稍稍唤回了晏河清的理智,他意识到什么,回身看了一眼坟冢,而后松开萧予安的脖子。

萧予安一下子摔在地上。他狼狈地匍匐在地,捂住脖子大口大口地呼气,不停地咳嗽、喘息着,脖子上一圈青紫,看起来触目惊心。他想说话,想告诉晏河清自己就是萧予安,一开口却发现自己的嗓子根本发不出声音,他的喉咙剧痛无比,只能无力地"啊啊啊"。

晏河清冷冷地说了一声"滚",然后俯身去捡玉笛。

添香连忙搀扶起萧予安,用尽力气想带他离开。

萧予安不甘心地回头看去,一看就愣住了。

晏河清半跪在地,单手握着玉笛。

萧予安挣脱添香,想要往回走,哪知这时跑进来几名看守祭天坛的侍卫,将他猛地按在地上,随后往外拖去。

萧予安疯了似的挣扎,他的喉咙干涩疼痛,可他像是不怕失声般,拼尽全力地喊,终于有了声音:"晏……晏……"

晏河清!你看看我!你倒是看看我啊!!!

禁地向来清净,这次他们看守不当,让这两个人溜进来已是大罪,如今这人竟然还这般嘶吼,皇上若是怒了,后果不堪设想。几名侍卫面露惊恐之色,恶狠狠地捂住萧予安的嘴,将他拖了出去。

皇城的西边,一处偏殿内,萧予安脖子上缠着一圈白布。他握着笔,在手记里写了满满一页的"记仇"。

萧予安写着写着又停下笔,看着手记出神。

他从未见过那样的晏河清,无情、残忍、凶恶。

为什么事情的发展和他之前去祭天坛前所设想的完全不一样?

他直接被晏河清抵到墙上还差点被掐死是怎么回事!

萧予安正在心里碎碎念,添香端着水盆和药进来:"萧郡王,这几日喉咙还疼吗?奴婢给您换药。"

萧予安点点头,任由添香解下自己脖子上的白布。几日过后,脖子上骇人的掐痕开始渐渐消失,他的声音也已经恢复如常。

添香吁了一口气,说:"看着无大碍了,这几日奴婢天天担心,总觉得皇上肯定会责罚萧郡王您,还好老天保佑,皇上一直没来。"

"我倒是希望他能来。"萧予安嘟囔一声。

"萧郡王啊,您就别傻了,可快点求求皇上别想到咱们吧。"添香长吁短叹。

萧予安屈起手指轻轻地敲她的头,笑道:"小小年纪,总叹什么……"

"萧郡王!"

门口一声高呼打断了萧予安和添香的对话,竟是一位带着圣旨的公公。那公公先是和蔼地询问了萧予安身上的伤,在得到已大致痊愈的消息后,公公展开手中的圣旨,说:"萧郡王千里迢迢从西蜀国前来南燕国称臣,确有诚心,皇上赐封为郡王,还请萧郡王今日离去,速回西蜀国。"

说罢,那公公收好圣旨,对萧予安道:"萧郡王,行李和马车已为您备好,即刻启程吧。"

萧予安难以置信:"启程?晏……皇上要赶我走?"

原来之前没有责罚,就是想着干脆直接赶走他吗?!

公公没有正面回答,只是笑着说:"萧郡王,赶紧启程吧。"

那公公做了一个"请"的手势,明明如此彬彬有礼,可态度和语气十分强硬,没留半点余地。

萧予安明白,若是此时回西蜀国,与晏河清再见面恐怕要等上数月或是好几载了。

前有司马昭宴请汉怀帝刘禅此间乐不思蜀，后有宋太祖赵匡胤汴阳坊赐宅暗示唐后主，怎么到了晏河清这里，就只知道一个劲儿地把人往外赶呢？！

萧予安登时就急了，一步上前，说："我不走，让我见你们皇上！"

话音刚落，两名身材魁梧、面无表情、浑身带着压迫感的侍卫顿时一左一右地夹过来。

那公公皮笑肉不笑地说："皇上朝政繁忙，没空来见您。萧郡王听我一句劝，安安心心地走吧。您现在啊，不想走也得走，请萧郡王不要为难我们，也不要令自己难堪。"

萧予安强迫自己冷静下来，说："要走也行，我身为郡王，本意是前来朝贡南燕国，此次离去，难道就这么草率地走？至少让我禀告一下皇上。"

那公公摇摇头，终于失了所有的耐心，招了招手，几名侍卫不约而同地上前，试图束缚萧予安，强行带他离开。

一旁的添香见此情景，连忙护在萧予安身前，挥舞着手臂大喊："你们做什么？！这可是萧郡王！"

有侍卫想拉走添香，被萧予安一把扭住手腕甩开，同时冷着脸道："别碰她。"

他知道再纠缠下去只会越来越难堪，于是长长地吸了口气，咬牙道："够了！我走，我跟你们走。"

"萧郡王……"添香看着他，双手因为不安而紧紧地掐在一起。

萧予安拍拍她的头以示安抚，而后走到一名侍卫面前，打着商量："大兄弟，腰间那把匕首借我用一下。"

那位大兄弟没反应过来，半天没有动作。萧予安失了耐心，自己抽出匕首，然后割下衣袍的一角，而后左右环顾，想找一个能写字的东西，却没有收获。最后实在无法，他干脆拿起匕首在指尖上刺了一下。

"萧郡王！"添香忍不住大喊出声。

萧予安用滴血的手指在割下的衣袍上写了一句话，写完叠起来递给添香："添香，你帮我把这个带给皇上。"

"给皇上？"添香不解地问。

"只要让皇上看到里面的字，他就什么都知道了。"萧予安郑重其事地说。

那公公看不明白萧予安葫芦里卖的什么药，不想继续纠缠，于是又给侍卫使了个眼色。几名侍卫领命，上前将萧予安钳制住。

"萧郡王，萧郡王！"添香徒劳无功地喊了几声，眼睁睁地看着萧予安被人押走。

第二日清晨，添香早早地守在晏河清下早朝回寝宫的路上。她手里攥着布条，神情紧张，手心出汗。

昨晚她将布袍上的血字反反复复地看了几十遍也没看出个所以然来，不免开始犹豫不决。

要是惹皇上生气怎么办？

她与萧予安相处不过数十日，当真值得这般奋不顾身吗？

她蓦地又想起萧予安被押走时看向自己的眼神，那般恳切与无力，仿佛自己是他唯一的希望。

添香摇摇头，将杂念甩出脑海，等着晏河清经过。

她异常的举动早已引起守卫的怀疑，一名守卫几步上前，凶巴巴地问："你，叫什么名字？在这里做什么？！"

添香被吓了一大跳，下意识地掩了掩手里的布："我……我叫……我……我就……就在这附近溜……溜达。"

"溜达？"守卫一声冷笑，突然伸手去抢添香手里的东西。

添香反应极快，双手死死地抱紧布条大喊："这是我的！你做什么！你做什么啊？！松开，快松开！"

可柔弱的她又如何争得过一个守卫，几下拉扯，布条便被夺走。

那守卫翻来覆去地检查，却没有看出端倪，只觉得上面血迹骇人："什么破东西！行了，你快退下，等下皇上就要来了。"

那守卫提醒完添香，离去时将布条随手一扔，竟然扔进旁边的小池里！

添香大喊着扑过去捞起，可布已经被打湿，上面的血迹也被水染得模糊不清，只剩一团模糊的黑红。

添香呆呆地捧着湿布，久久回不了神。

而此时此刻，南燕国皇城外，萧予安双手抱着一棵大树，大有"我就不走，你能奈我何"的架势，不停地喊道："我晕马车，我不坐！"

几名侍卫一边扯他，一边劝："萧郡王啊！您马不会骑，马车不愿意坐，我们总不能走回西蜀国吧！"

另一名侍卫也好心好意地劝道："萧郡王，回了西蜀国后，您还当着您的西蜀国皇上，万人之上，要风得风要雨得雨，何必待在我们这里，总是被人压一头，还没自由。"

最后，几名侍卫费了九牛二虎之力，终于把萧予安塞进了马车里。他几次妄图掀帘逃跑，都被强行制止。

于是，萧予安开始在他们耳边不停念叨。

侍卫们的精神逐渐崩溃。

马车渐渐远离皇城后，萧予安却安静了下来。他掀开帘子，目不转睛地望着马车后面，翘首以盼又慢慢失落。

129

眼见南燕国皇城越来越远，越来越小，直到萧予安从马车窗探出身子都再也看不见，忽然脑海中冒出一个想法。

添香没有把他写的"血书"送到晏河清手里吗？

那下一次见面会是什么时候？数月？一年？数载？

萧予安突然掀开马车帘，嘴里喃喃着："不行，我得回去，我一定得回去。"

"萧郡王！"侍卫一下子没回过神来，就见萧予安竟毫不犹豫地跳下了马车。

虽然马车的速度并不快，但如此草率地跳下依然容易受伤。萧予安摔在地上滚了两下，顾不上疼，撑起身子就要往南燕国的方向跑。

马车上的侍卫急急地拉住缰绳，之后去追赶萧予安："萧郡王！"

忽然，四周的草丛里蹿出数名黑衣人，将几人团团围住，也挡住了萧予安的去路。

萧予安一愣，后退几步。他回头去看那几名侍卫，谁知他们也是一脸不知所措，纷纷抽出刀剑对着黑衣人大喊："你们是何人？有何目的？"

那几名黑衣人一言不发，为首一名黑衣人紧紧地盯着萧予安，做了一个"上"的手势。顷刻之间，没有交流、没有预兆，黑衣人们猛地从腰间抽出长剑，刀光剑影带着毫不留情的杀意，呼啸着砍向萧予安。

"你们要刺杀前，好歹来段或挑衅或解释的长篇大论啊！没见过抽刀就砍的啊！怎么不走程序啊！"萧予安号叫一声，然后往侍卫们所在的方向跑去。

那几名侍卫连忙护住萧予安，奈何敌众我寡，他们渐渐招架不住，都被刀剑所伤，还有人倒了下去。一名黑衣人见有机可乘，挥着剑就朝萧予安砍了过来。

萧予安侧身险险躲过，一个手肘狠狠地敲在那黑衣人的后颈上，那人被敲得扑倒在地，竟好半天爬不起来。

"嗯？"萧予安活动着手腕，心里有些诧异。

他稍稍一出神，几名黑衣人又团团围攻上来，他瞬间被刀光剑影包围。

萧予安连连后退，躲闪几剑后，到底双拳难敌四手，终是招架不住。一名黑衣人见他露出破绽，握紧手中的剑，毫不留情地朝他胸口直直刺去。

银光划破天际，马车的帷幕猎猎作响，温热的鲜血瞬时溅上萧予安的脸庞。

第六章　孤注一掷

浪迹一载，暮春又入宫墙来。

南燕国皇宫。

晏河清正专心地听着大臣禀报朝政大事，曾有人断言他会一蹶不振，再无心处理政事，甚至有人趁机企图造反篡位，结果在计谋初现端倪的第二日就被他砍了脑袋。

晏河清非但没有像他人猜测的那样颓废，反而几乎将所有的精力投入到朝政之中，誓要社稷安稳，天下太平。

"皇上，西域之国派使臣朝贡，应当数月就会到。"有大臣俯身上奏。

晏河清"嗯"了一声，问："就是他们打得西蜀国四分五裂？"

"回皇上，是的，此国百姓彪悍野蛮。不过，他们虽能让西蜀国不得不割让疆土，却不能完全吞并西蜀国。此次前来朝贡，臣猜是想借我们之手，一举吞并西蜀国。"

晏河清蹙起眉头。

大臣看出晏河清的不悦，连忙说道："皇上，我知道您也想收复西蜀国，但以微臣拙见，我们应当与他们结盟，而不是树立如此强大的对手。"

晏河清揉着眉心斟酌半晌才说："先迎使臣，再做打算。"

等晏河清处理完政事，已是晌午。他起身往寝宫方向走去，他向来不喜人多，无论去哪儿都不愿带着浩浩荡荡的人马，但身边该有的侍卫还是会有。

皇上性情冷漠宫中上下都心知肚明，避免遭到责罚，在晏河清回寝宫时，侍女和侍卫都选择尽量回避，所以当一名侍女突然从一旁飞扑过来的时候，晏河清周围的侍卫们都愣在了原地。

133

不过,其中几名侍卫又迅速反应过来,一把伸手拦下那名侍女。谁知那名侍女像是疯了一般,拼命扑向晏河清,又在被人扯住的时候,一下子跪在地上,咬破手指,在地上不停地画着什么。

添香边写边喊:"皇上,您看看啊,您看看,奴婢求您了,您看一眼吧。"

"哪来的疯子!快滚开!"侍卫怒吼,上前去拽添香。他动作粗暴,伸手要掐添香的脖颈,突然被人握住手腕。那侍卫一回头,见是晏河清,顿时吓得六神无主:"皇上,是小人失责,小人这就把这疯女人弄走。"

晏河清冷冷地看了他一眼,压迫感扑面而来,那侍卫顿时噤若寒蝉。

添香还跪在地上用出血的手指画着,晏河清半蹲下身,伸手拦了拦,问:"有何苦衷?"

添香猛地摇头,指着地上:"皇上您看这里!看这里啊!"

晏河清看了一眼地上歪歪扭扭的血迹,没弄明白添香是何意,只当这人真是神志有问题,于是站起身嘱咐了两句后就要离去。

添香见晏河清看了毫无反应,顿时泄了气,垂头丧气地坐在地上,直到有人好心伸手扶她起来。

而那边,晏河清走了两步后,蓦地停下。他想起了什么,呼吸开始变得急促,而后倏地转过身,在众人惊讶的目光中走回方才添香写字的地方。之前他面对着添香看那些字,一下子没看出来,而他现在与添香画时是同一个方向。

那些血字歪七扭八,横和竖分得极开,晏河清将其收入眼底的一瞬间,目光突然变得捉摸不定。他下巴紧绷,双手攥紧,猛地转身朝添香奔去。

添香被人扶起后,愁眉苦脸地等候责罚,突然被人一把从身后按住肩膀,强硬地扳过去。她一回头,见是晏河清,顿时吓得不轻。

晏河清此时连话都说不利索,声音发抖地问添香:"这是谁教你写的?!"

萧予安愣愣地看着眼前的情景。

那名想要置他于死地的黑衣人双眼里全是错愕和惊恐。

黑衣人猛地吐出一口鲜血后,手中距萧予安不过数寸的长剑,"叮"的一声坠落在地,而他的胸口处,一支利箭贯穿而过。

千钧一发之际,远处倏地传来马蹄声,一支利箭破空呼啸而来,稳稳地穿过要刺杀萧予安的黑衣人的胸膛。

一人拿着弓箭领着数名侍卫打马奔来,口中大喊:"住手!谁敢再动萧郡王!"

几名黑衣人见局势不对,匆忙撤退,往四周疾奔而去,不一会儿全部消失不见。

劫后余生的萧予安一下子坐在地上,长吁一口气,这才发现自己的衣衫已被剑划得破破烂烂,身上也有些深浅不一的伤口,看着真是惨不忍睹。

前来救人的陈歌驱马上前,停在萧予安面前后翻身下马,伸手拉起他:"萧郡王,有没有受伤?是我来迟了。"

萧予安摆摆手:"没大碍。"

陈歌松了一口气:"还好及时赶到,不然后果不堪设想。"

萧予安忽然意识到什么,一把上前抓住陈歌的手臂,双眼放光,语调上扬:"是皇上让你来找我的吗?!"

陈歌看着萧予安充满期盼的目光,面露不忍,斟酌半响才开口:"不,不是皇上,是薛将军让我来的。他猜到某人会心怀不轨,伺机埋伏在路上对萧郡王下毒手,所以让我来护你平安。哦,对了,

135

薛严将军虽然已经乞骸骨，不再是将军，但是我改口改不过来，萧郡王别介意。"

果然，萧予安的眼眸暗淡下来，但又抱着一丝希望问："你能否带我见见皇上？"

陈歌苦恼地挠挠头，说："萧郡王，我无法带你去见皇上，但我会让我的下属平平安安地把你送到西蜀国的，而且以你的身份，何必在南燕国受委屈呢？所以你还是尽快动身，启程前往西蜀国吧。"

最后在众人的半劝半推之下，萧予安再次坐上了前往西蜀国的马车。陈歌叮嘱下属务必将萧予安平平安安地送回西蜀国，而后目送马车离去。

一名副将问："陈将军，再和萧郡王见面，应当就是和西蜀国兵戎相见的时候了吧？"

陈歌叹了口气，说："西蜀国曾与南燕国交好，皇上为了报灭国之仇可以攻打北国，为了夺故乡疆土可以吞并东吴国，但打西蜀国却是违背信义的，可当初有人曾说想看皇上一统天下，所以现在皇上……唉……算了，不说了，我们也该回了。"

陈歌话音刚落，一阵急促的马蹄声忽然从远处传来。他困惑地转头看去，在看清来人后，神情瞬间变得惊诧。

马儿嘶鸣，残阳如血，尘土飞扬，独身影长。那人驭马而来，在陈歌面前扯住缰绳，轻扫一眼地上的血迹和黑衣人尸首后，眼神更冷，语气不善地问："他在哪里？"

明明没有指名道姓，可不知为何，陈歌突然福至心灵地明白这个"他"是指谁，于是连忙指了一个方向："并未走远！"

那人没有迟疑，扬鞭落下，白马似箭一样风驰电掣地往陈歌所指的方向奔去。

马车是被逼停的，萧予安正撑着头苦苦思索着接下来该如何是好，马忽然受惊连带着马车也猛地左右晃荡了几下才稳下来。他被震得有些晕，听见外头一阵吵闹，又突然安静。

怎么回事？

难道又是刺杀！还有完没完了？

萧予安困惑不解，伸手掀开帘子，见马车前方横着一匹白马，挡住了去路。骑马的是一名清俊无双的青年，正望着马车。

萧予安跃下马车，手足无措，不敢上前。

晏河清翻身下马，牵住缰绳的同时依旧一言不发。

此情此景，竟如此熟悉。

萧予安曾经在脑海中想了无数措辞来证明自己是萧予安，可如今真的到了这个时刻，他发现自己竟然安静了下来。

终于，萧予安深吸一口气，而后上前两步，对晏河清扬起一抹温润的笑。

虽已是早春，但寒风凛冽，风吹雪落，红了眼眶，白了头。

晏河清没说话，而是从怀中摸出一支玉簪。

那玉簪上的裂痕因为重新粘连而显得扭曲狰狞，晏河清缓缓地抬眼，掌心向上，将白玉簪递给萧予安。

那年天寒地冻被罚跪地，那年玉华楼上酒香四溢，那年催泪风口绝决分离，那年桃源府邸潇洒快意，那年行军遇险寻寻觅觅，那年但求重逢千里单骑，那年挥剑自刎嚎哭泣。

如今萧予安慢慢地伸出手，接过玉簪，然后说："这次，我不会再让你把它砸碎了。"

萧予安醒来的时候已经晌午，日悬高天。他慢慢地睁开眼。

站在一旁的添香见他醒了,连忙上前:"萧郡王,您终于醒了,奴婢伺候您更衣。"

萧予安想要坐起,身上的伤口瞬间传来疼痛,只得又仰面躺下。

看到他这副惨样,添香的眼眶突然就红了。

萧予安见她如此,也顾不上自己,连忙柔声问:"怎么了?谁欺负你了?"

添香摇摇头,抽噎着说:"奴婢没事,奴婢就是心疼萧郡王。您明明是那么好的人,为什么得受这种苦?"

萧予安看着她,忍不住想起一位故人,眼睛也红了。

忽然,寝宫外传来脚步声,下完早朝的晏河清疾步走进,添香慌忙擦干眼泪,低头退到一边。

晏河清见萧予安醒了,问:"有没有觉得哪里不适?"

萧予安摇摇头,笑道:"没有。"

晏河清又问:"想吃什么?"

萧予安懒懒地说:"随便来点小粥或者清汤面吧,你这么一说我还真的饿了。"

晏河清"嗯"了一声,起身去嘱咐,又连连强调了几声要快。

萧予安问:"你是不是还有朝政要处理?"

晏河清点点头:"嗯。"

"那你去吧。"

萧予安大大方方地摆摆手,看着他离开。

此时此刻,黄越将军府邸。

黄越右手四指不停地点着桌子,紧蹙着眉头,幕僚在旁禀报:"黄将军,萧郡王在前往西蜀国的途中突然被皇上拦下带回了宫,我们的暗杀尚未成功。黄将军,虽然下属们没有露出马脚,但我估计萧郡王和薛严能猜出是我们所作。"

黄越冷笑一声，说："无事，一个与皇上有了嫌隙被卸了盔甲的将军，一个为了国家不得不俯首称臣的落魄皇帝，能掀起什么波澜？只是这萧郡王投靠薛严不与我们为伍，我本想暗杀他后再与西蜀国进行交涉，看来这个计划得先搁置。"

幕僚道："黄将军，还有陈歌这人不可小觑啊。"

黄越说："陈歌这人，虽也为将军，但行事收敛，不足为患。不过我听闻皇上亲自去拦截萧郡王，可是真事？"

幕僚点头道："是真事。黄将军，就怕这个萧郡王会把之前被你拉拢做党羽的事情捅给皇上。"

黄越摇摇头说："不会，他应该知道我手里多的是能让他万劫不复的罪证，有了这些罪证，就算我先将他拉入牢狱，事后再向皇上禀报，皇上都不会怪罪于我。"

幕僚欲言又止，意味深长地问："那黄将军我们现在……"

黄越之前点着桌子的手指最后重重地敲了一下木桌，说："按兵不动，谋权一事，容不得半点差错。"

萧予安歇息了一日，第二天缓过劲来便好了伤疤忘了疼，大早上就开始逗晏河清。

"来，来，来，笑一个。"萧予安嬉笑道。

万瓦宵光曙，重檐夕雾收。萧予安不依不饶地抓着人："来，来，来，笑一个。"

晏河清思索片刻，扯扯嘴角，露出一个僵硬的笑容。

萧予安先是一怔，然后捂着肚子笑得满床打滚："就你这笑容，无论是谁都能被吓跑。"

晏河清："……"

晏河清去上早朝后，萧予安自己眯眼歇了一会儿又慢慢地清醒过来。他把这几日稀里糊涂的事捋了捋，最后想起被刺杀的事情以及萧王爷与薛严的关系。

根据原著的剧情，萧予安猜测黄越要造反，于是拉拢萧王爷，想让西蜀国成为自己的势力。

但萧王爷并未与黄越结盟，这让黄越起了杀心，毕竟如果萧王爷死了，西蜀国就能换一位皇上，黄越可以再次游说西蜀国新帝成为自己的势力。没有敌国的支撑，黄越根本无法与晏河清抗衡。

萧予安自言自语地嘟囔："沐浴在这么刺目耀眼的光环下还敢想篡位的事情，也是不容易。"

不容易归不容易，敢对晏哥心怀不轨，该狠狠地打还是得狠狠地打。

萧予安想着也许萧王爷之前住的寝殿会有线索，于是拉着添香一起回去找。不料，真正的萧王爷是一个心思缜密之人，萧予安翻了半日，无果。

萧予安正叉着腰直叹气，忽有一人寻他。

竟是陈歌。

陈歌一脚踏进萧予安的寝殿，见里头被翻得一片狼藉，惊得目瞪口呆："这……这……这是怎么了？萧郡王，你又遇袭了吗？"

萧予安正费劲地把刚才翻出来的东西整回去，摆摆手："一言难尽，你随便坐啊。"

陈歌跨过躺在地上的各种物件，心想就算自己不想随便也只能随便啊。

他走到萧予安身旁，见人蹲在地上，面对满地乱七八糟的物件苦恼地摸着脖子。

陈歌问萧予安："萧郡王，上次你在路上遇袭一事，薛将军和我都怀疑是黄越所为,薛将军担心黄越对你再次发难,特地让我来看看有没有什么可以帮忙的地方。"

萧予安抬起头,看着陈歌问:"薛严?"

陈歌点点头:"薛将军希望明日能和你见一面,不知萧郡王怎么想?"

萧予安笑了笑:"见,当然得见。"

"好,那明日我再来寻萧郡王。"

说完,陈歌抱拳告辞而去,走了一半又折回来:"萧郡王,保重啊,皇上其实并不是残忍无情之人,只是……"

他只是了半天都没说出什么来。

萧予安最后半赶半送挥别了陈歌,和添香一同收拾完被翻得乱七八糟的寝殿后,已是日暮黄昏。

添香勤快地将被褥放在床榻上铺好,说:"萧郡王,我帮你把被褥整整,等等就可以直接睡啦。这几日我将被褥晒过,所以不用担心潮湿落灰。"

萧予安说:"我现在不睡。"

"那您准备干什么呀?"

"去找皇上!"

添香整被子的手一顿,回过头急切地劝道:"萧郡王啊,您忘了之前您去找皇上被拒之门外的事情了吗……呜呜呜,萧郡王,您太可怜了!"

萧予安连忙拿干净的素绢给添香擦眼泪,无奈道:"别哭啊,怎么又哭了,这次回去肯定不会被拦了!"

添香吸吸鼻子,说:"真的吗?"

"真的!"

然后两个人刚到皇上的寝宫就被拦了。

侍卫一左一右，佩刀相撞，挡住寝宫门口："萧郡王请回！"

萧予安："……"

添香："呜呜呜——"

萧予安问："皇上不在寝宫吗？"

两位尽心尽责的侍卫答道："不在！所以萧郡王还是请回吧。"

添香扯扯萧予安的衣袖，说："萧郡王，我们回吧。"

萧予安安抚地拍了拍她："没事，等等吧，应该是皇上忘记叮嘱了。"

添香急道："这么冷的天等什么呀？一会儿可能要落雪了！"

萧予安也不顾什么形象，拉着添香往台阶上一坐，笑道："要等的。"

添香急得直跺脚，她实在拗不过萧予安，只得乖乖陪他等。

一旁的侍卫欲言又止，但萧予安没有硬闯，他们不好多说什么，只觉得他往那台阶上一坐，还真是一副落魄又可怜的模样。

没多久，还真如添香所言，气温骤降，下起雪来，琼芳碎落，周天寒彻。添香忍不住，劝道："萧郡王，还是回去吧，此处刮风，太冷了。"

萧予安搓搓手，哈了口白气，笑道："确实有点冷啊，怎么都春天了北国还是这么冷？"

添香还以为自己的劝说有用了，却见萧予安解下外袍披在自己身上，笑道："委屈你陪我等了，可别冻着了。"

添香急得脸颊通红，连连摆手，可萧予安态度强硬，说什么女孩子怕冷不能冻，自己身体好冻一冻更健康。添香无法，只得披着。

添香叹了口气，委屈地说："萧郡王，您说您是何苦呢？"

萧予安笑道："何苦什么？"

"何苦这样受罪！"

萧予安笑容不减："不苦，不苦。"

说话间，萧予安的眼前突然出现一双纹有祥云的皂靴。他一愣，刚要抬起头，添香慌忙起身，心惊胆战地行礼："皇上。"

晏河清看着萧予安，问："为何坐在此处不进去？"

萧予安笑道："被人拦了，进不去。"

晏河清恍然明白什么，冷冷地看向守在寝宫门口的侍卫们，不过一眼，几名侍卫陡然背脊生寒。

萧予安侧身挡了挡晏河清的目光，笑着说："晏哥，这可不能全怪他们啊。"

晏河清收回目光，轻"嗯"一声："是我的错。"

那边"哐当"一声，一名小侍卫的刀掉了。

资历稍深的那名侍卫还算淡定，还能责备地看一眼小侍卫，然后自己手里的刀也掉了。

说完，晏河清和萧予安往寝宫里走去。

萧予安边走边感慨道："不愧是我晏哥啊！嘿，这位小哥，捡刀啊，你刀掉了，嘴巴别张那么大，雪都吹进去啦。"

进了寝宫，萧予安被一把塞进被褥里裹成一团。

萧予安无奈极了："动……动不了。"

晏河清问："暖和一点了吗？"

萧予安说："暖……暖……暖和一点……点了。"

见他结巴，晏河清忍不住嘴角微微一勾，说："再焐一会儿，焐热一点，我去换下朝服。"

结果等晏河清换好衣服回来，萧予安已经迷迷糊糊地睡着了。

第二日，晏河清上早朝后，不多时陈歌的下属就寻到了萧予安:"萧郡王,陈将军上早朝去了,让我来接您。"

"走吧。"萧予安也不磨蹭,确认过身份后和人一起离去。

这一走,竟然晃悠悠地出了宫。

陈歌的下属瞧见萧予安一脸疑惑地掀帘子,连忙解释道:"薛老现在住在皇宫外的城郊。"

萧予安点点头,没出声。陈歌的下属生怕他起疑,继续解释道:"当初宫中惊现刺杀一事,薛老领兵入宫犯了皇上的大忌,事后薛老主动乞骸骨,皇上也没挽留。我们本以为薛老会告老还乡,没想到他在皇城郊外住下了。"

萧予安脸上的笑意温润似水:"薛老担心皇上年轻气盛一人扛不住,万一出了什么事,他能及时地帮一把,毕竟曾经在朝堂上有权有势,还是两代老臣。"

那下属见萧予安对什么事情都看得通透,不免瞠目结舌,马车慢悠悠地一路晃到城郊,在一处围着篱笆小院的门前停下。

萧予安跃下马车,手轻抚在篱笆上,心里感慨万千。他推开篱笆门,小院里,一位两鬓斑白的老者正坐在石椅上,拿着本破旧的书,背对着阳光眯眼看着。

萧予安第一次见卸下盔甲的薛严。薛严身穿干净朴素的灰麻布衣,虽说眉眼还带着严厉,但也有着萧予安从未想过的和蔼。

听见脚步声,薛严抬起头来,见到是萧予安,指了指自己对面的石凳:"萧郡王,请坐。"

萧予安行了礼,在薛严对面坐下。

薛严嘱人泡了茶来,又对萧予安说:"萧郡王,我知你出宫一趟不易,那我就长话短说了,近来黄越可有寻过你?"

萧予安捧起下人端来的茶,笑道:"薛将军是担心我会与黄越联手对皇上图谋不轨吗?"

谁知薛严摇摇头:"不,皇上早就察觉黄越妄图谋反,皇上只不过是在等待一个确凿的证据,所以一直未发难,毕竟黄越也是有势力的,若是没有足够的证据,皇上可能会落下一个残杀忠良的罪名。我这么问,不是担心皇上,是在担心你。"

萧予安掀茶盖的手一顿,音调微微提高:"我?"

薛严叹了口气:"当初你在西蜀国传信给我,让我念在西蜀国和南燕国曾经结盟的旧情上帮你劝说皇上一起抵抗西域之国,可那时的我已无权无势,不得已给你出了一个来南燕国称臣的馊主意,现在心里十分后悔。"

萧予安忙道:"别后悔!千万别后悔!"

薛严说:"萧郡王还真是好脾气,我如今弄得你左右不是人,你竟也不怪罪于我。皇上那边,我会让陈歌去劝的,到时候一定将你平安护送回西蜀国。至于黄越那边,也请你务必小心,黄越为了获得西蜀国的势力,一定会再次对你发难。"

萧予安急了:"别让陈歌去劝了,白费口舌。至于黄越,我会当心的,多谢薛将军提醒。"

薛严点点头:"那就先不耽误萧郡王时间了,若被皇上知道你来寻我,定会更加嫌恶你,萧郡王快回吧。"

萧予安也懒得多解释,拜别后跟着陈歌的下属往小院外走去,走了两步又回头看。

只见薛严重新拿起兵书,眯着眼费劲地看书上的字。他两鬓斑白,像极了北国的雪,有了孙将军的咳嗽,也有了赵公公的驼背。

萧予安突然开口道:"薛将军,皇上明白你的良苦用心,他只是不知道如何面对。"

薛严闻言微愣,抬起头又垂眸,淡淡地说:"我知道,他是我看着长大的孩子,我怎么可能不知道。"

萧予安再次行礼，与陈歌的下属一起回了皇宫。

萧予安本想直接去晏河清的寝宫，谁知陈歌的下属把他往西侧的寝殿送去。他也没多说，想着等等自己走回去。

哪知两个人才刚到寝宫，竟看见一群人在翻箱倒柜，大有掘地三尺之势。萧予安的被褥衣裳和物件全被丢了出去，弄得乱七八糟。

添香在奋力地阻止他们："你们做什么？！这是萧郡王的寝宫！你们干什么啊？放开！都放开！"

一名凶神恶煞的侍卫被她拉扯得不耐烦，狠狠地推了她一把："滚！"

添香踉跄几步，眼见就要摔倒在地，被人一把揽着肩，稳住了身形。她抬起头，惊喜地喊："萧郡王。"

萧予安拍拍添香的头，让她躲一边，然后上前对着那侍卫就是一个锁喉，随即又钳住他的手往背后狠狠一扭，直接将那侍卫按倒在地，才笑道："大哥，单身吧？懂不懂怜香惜玉啊？活该单身！"

那侍卫疼得冷汗都下来了，连忙求助地大喊："黄将军！"

萧予安一愣，身边很快围上来数十人。

不过一刹那，形势陡变，变成萧予安被人强行扭住胳膊、按住头跪在地上。

萧予安又开始思考人生了。

他，曾经立志成为一个帅气多金、邪魅狂狷的霸道总裁。

他，曾经苦背总裁语录三百句。

他，曾经熟读各种狗血桥段套路。

可现在他突然觉得自己是不是老实地待在寝宫里比较好？

萧予安还在感慨，黄越神色淡然地走到他面前。侍卫用刀鞘强行抬起他的头，逼他和黄越对视。

黄越俯视他，问："萧郡王，你可知罪？"

萧予安笑了笑："知啊。"

黄越一愣，旋即神色恢复正常，意味深长地"哦"了一声："那萧郡王说说，自己犯的是何罪？"

萧予安笑意不减："妖言惑主呗，唉，没办法，谁让我这么厉害，皇上就愿意听我的。"

黄越："……"

萧予安清楚地看见黄越的嘴角和眉毛一起抽了抽后，忍不住笑出声。

黄越说："萧郡王真是乐观，都这种时候了还开玩笑，不，我是不是应该换一种说法，道一句你真可怜呢？"

说着黄越将一沓书信掷在萧予安面前："这些，萧郡王可眼熟？"

萧予安实话实说："没见过。"

"萧郡王，我可是有人证的，你就别否认了。"黄越以为他死鸭子嘴硬，冷笑一声说。

萧予安面露无辜："真没见过啊。"

"好，那我帮萧郡王回忆一下。"

原来当初萧王爷在南燕国郁郁不得志的时候，竟然想过刺杀晏河清。起了刺杀男主角的念头就算了，萧王爷还不慎将把柄落在了黄越手里。

这也就是为什么萧郡王明明先前与薛严交好，后面又不得不与黄越交涉，可谓是夹缝中求生，好一个"惨"字，难怪最后承受不住选择了服毒自杀。

黄越手里的证据确凿，萧予安百口莫辩，毫无意外地被投进了大牢之中。

大牢外，黄越的亲信附在他耳边悄声说："黄将军，方才我看到四周的人群中有陈歌的下属，他观望了一会儿后匆匆离去，应当是给陈歌通风报信去了。"

黄越不以为意："就算陈歌知道了又能如何？难道他有通天的本领，可以抹去萧郡王意欲刺杀皇上的事实不成？"

话音刚落，不远处传来匆匆的脚步声。

黄越和下属回头看去，惊得连忙下跪抱拳高呼："皇上！"

晏河清连正眼都没施舍给他们，冷若冰霜，急急要往大牢而去。

黄越连忙上前跪在晏河清跟前，挡住他的去路："皇上，请听臣一言。"

接着，黄越开始细数萧予安的罪证。他早就知道晏河清会发问，提前准备好了说辞，有理有据，令人信服。谁知，他话说一半，突然被打断。

晏河清的语气极冷，眼眸深处犹有万丈寒冰，他说："讲完了吗？"

黄越猝不及防地被打断，一愣："臣……臣……禀告皇上……"

晏河清没再应声，直接绕过他往大牢走去。

黄越心下一惊。

怎么会这样？！

萧郡王来南燕国一载有余，晏河清从未正眼瞧过他，所以晏河清不可能是来救人的。

难道是皇上听闻萧郡王有刺杀自己的意图后，怒不可遏，准备亲手了结萧郡王？

黄越望着晏河清疾步远走的背影，眼底闪过一丝狡黠。

大牢里，萧予安正在和狱卒唠嗑。他靠坐在牢房门前，跷起一条腿,悠然自在地招呼门口的狱卒小哥:"嘿,小兄弟,来聊天啊。"

狱卒小哥一开始还端着架子,板着脸训斥:"天牢重地,不可喧哗!"

萧予安耸耸肩,摊手:"我没喧哗啊,我就是好好地讲话。对了,兄弟,你有没有女朋友?"

"女朋友……是什么东西?!"

萧予安笑道:"就是媳妇,媳妇知道吗?"

狱卒:"……"

"小兄弟,你别沉默啊!你知道有个词叫'默认'吗?默认的意思就是……"

狱卒忍无可忍地打断他:"没有!"

"啊!好惨啊!"

"什么时候换人看守啊?!"

萧予安乐不可支,笑完之后开始双手抱头,后脑勺抵着牢门想事情。

原著里黄越谋反的证据是萧平阳帮晏河清逼出来的,晏河清曾想不顾他人的阻拦直接揭发黄越,最后被萧平阳成功劝下。

后来萧平阳和晏河清演了一出交恶的戏,萧平阳假装投靠黄越,表面上助他一起谋反,暗地里与晏河清联手,最后终于揪住了黄越的狐狸尾巴。

萧予安长呼一口气,心想:自己该如何帮晏河清呢?

他正思索着,牢狱外突然传来惊慌失措的高呼声:"皇……皇上?!"

萧予安站起身看去,只见晏河清健步如飞地朝自己走过来。

一旁的狱卒慌慌张张地跪拜并高呼皇上,晏河清根本不想多说一句废话,伸手直接抽出狱卒腰间的刀,一下子砍断牢门的锁。

149

晏河清推门走进牢房，将人前前后后、左左右右地检查了一遍，见萧予安没有受伤这才稍稍松了口气。

萧予安笑道："晏哥，我没事。"

晏河清"嗯"了一声："我带你出去。"

"等等！"萧予安拽住晏河清，"我有事与你商量。"

晏河清见他望着狱卒，顿时心下了然，屏退了所有人。

萧予安说："晏哥，你是不是一直在等待机会拿下黄越？"

这是萧予安第一次和晏河清谈论朝政，见对方点点头，他把自己知道的事情细细地说了一遍，然后道："我有一个主意。"

晏河清问："什么？"

萧予安捋了捋自己的思绪，说："晏哥，你先别救我出去，关我几日，然后我……"

"不行。"

萧予安的话才刚开了一个头，就被晏河清打断。他一愣，不解道："就关个几日而已，嘱咐狱卒不伤我就好……"

晏河清不容置喙："不行。"

"晏哥，我不怕牢狱脏臭，关个几日不碍事的。"

"不行。"

萧予安拗不过，最终还是跟着他离开了大牢。

晏河清嘱咐人准备好干净衣衫，萧予安一路上都在不甘心地念叨着自己想帮晏河清，到了浴池后总算安静了片刻。

沐浴完，萧予安和晏河清回了寝宫。

晏河清问他有没有哪里不舒服。

萧予安笑着摇头，突然想起正事，连忙问："晏哥，经此一事，你打算如何应对黄越？"

晏河清眼底有杀意一闪而过。

萧予安察觉他的不对劲，急急地说："晏哥，你不能现在动他啊！"

晏河清冷声说："他能动你，我为何不能动他？"

"没有黄越谋反的确凿证据，你会被世人安上滥杀无辜的罪名！"

"无所谓。"

萧予安连忙说："你不在乎我在乎！不行，你不让我用苦肉计那我就不用，但你也得听我一句，先别动黄越，等证据，好不好？"

晏河清面露犹豫之色，萧予安继续道："好了，就这么愉快地说好了，先不动他，等时机！"

晏河清不再多言，算是默认了。

萧予安轻吁一口气，对着晏河清温和地笑，可等晏河清一转头，萧予安那双似皎月明亮的眸子却收敛了笑意，沉静下来。他放在身侧的双手微微攥起，仿佛下了十二分的决心。

而此时，在黄越的府邸中，黄越蹙眉问亲信："萧郡王当真被皇上带出了大牢？"

亲信笃定地点点头，然后提议："黄将军，要不我们先别动萧郡王，一切还是小心谨慎的好。"

黄越点点头，准备继续蛰伏，等待时机。

谁知他不对萧予安发难，萧予安反而主动来找他了。

黄越七分质疑、三分惊讶地与萧予安见了面。

萧予安恭恭敬敬地对黄越行礼，然后客套道："黄将军近来可好？"

黄越见他和自己打哑谜，也不着急，皮笑肉不笑地寒暄道："好，不知萧郡王身体如何？"

151

萧予安笑道:"不太好,总觉得这几日脑子糊涂,浑浑噩噩,不,不止这几日,自从我来到南燕国,脑子似乎一直糊里糊涂的,看不清眼前的局势啊!"

黄越盯了他一眼,琢磨着他的态度。

萧予安又道:"前几步路,真是步步走错,如今如履薄冰,大晚上睡觉都不踏实。"

黄越意味深长道:"哦?不见得吧,如今萧郡王可是皇上身边的大红人啊。"

萧予安自嘲地冷笑一声,眼里全是讥讽。他攥紧双拳,沉声道:"伴君如伴虎……不说了,说这些黄将军也不爱听,我此次前来,是想帮黄将军分析局势的。"

"哦?那本将军洗耳恭听。"

萧予安端起桌上的茶杯,轻抿一口道:"如今晏河清开国已数载,南燕国也愈加繁荣昌盛,军心、民心皆稳,此为将军的第一难。而陈歌虽年纪轻轻,却是老将军薛严一手提拔上来的,皇上也越发器重他,黄将军手里的兵权极有可能被陈歌夺走,这是将军的第二难。我能理解将军的小心谨慎,但是黄将军,这局势越拖可越对你不利啊。"

黄越点点头:"萧郡王说得头头是道,可不知萧郡王是如何分析自己的局势的?"

萧予安笑答:"今早我仔细地琢磨了一番,我来南燕国,本意是想保西蜀国一方平安,可这一年多来,晏河清对我的臣服视而不见、听而不闻,多次意图发兵西蜀国,就算我心甘情愿称臣,也不过换来几日的安宁,既然如此,为何我不另寻出路?"

黄越饶有兴致道:"不知萧郡王有何出路?"

萧予安又慢悠悠地抿了口茶,见黄越的手指开始有一下没一下地点着桌子,这才放下手中的茶杯道:"晏河清治国有方,军心稳定,我想黄将军迟迟不肯行动,也是因为兵力不足,那不知西蜀国的兵力,黄将军可看得上?虽说西蜀国近年国力有损,但还是能支援黄将军的。"

黄越点桌子的手蓦然停下,转而不言不语地看着萧予安,眼中的阴鸷如同带铁锈的钩子,直直地往萧予安脸上扎去。

萧予安顿感背脊发寒,但还是稳住心绪继续道:"而且,再过一个月,是南燕国先皇先后的祭日,南燕国自古有祭祀只能皇上一人祭拜的规矩,这可是刺杀晏河清的好机会。虽说四周会有重兵把守,但是我相信以黄将军的实力,定能在里面安插自己的人手,到时候我们里应外合……"

"我不明白萧郡王你在说什么。"黄越突然出声打断萧予安,手指重新有一下没一下地点着桌面,"萧郡王请回吧。"

萧予安嗫嚅半晌,站起身,说道:"叨扰黄将军了。"

说完,萧予安头也不回地出了将军府邸。

第二日清晨,添香伺候萧予安洗漱,见他拿了一把铁铲也不知要去做什么,急匆匆地就往门外赶,于是连忙问道:"萧郡王,您去哪里呀?"

萧予安拍拍她的头说道:"别担心。"

添香莫名其妙地说:"啊?担心什么?"

萧予安又笑道:"接下来的几日都别担心。"

添香正要追问,却见萧予安攥紧铁铲不愿再多说,疾步走出寝宫。

萧予安一路往北,来到原北国祭天坛所在的山腰,正是那处晏河清得了空闲就会来祭拜的地方。这些日子晏河清没来,小院内长了不少杂草。

而之前,萧予安因为闯入这里,差点被晏河清掐死。

萧予安环顾四周，一如那日他来时，篱笆、桑麻、小池塘，一派宁静。

他笑了笑，而后深吸一口气，高高举起手中的铁铲就往篱笆上狠狠砸去。

晏河清赶到这里时，几名侍卫正在试图制止萧予安，谁知他不顾天寒地冻，一下子跳进池塘里，疯了一般去拔池塘里的枯荷。小院已经被他毁得乱七八糟，侍卫们因为自己的看守不力而吓得脸色惨白。

见到晏河清，萧予安一抹脸上的水，自嘲地放声大笑。

晏河清站在池塘边，冷冷地看着歇斯底里的萧予安。

萧予安缓缓低下头，单手捂住脸，双肩耸动，也不知道在哭还是在笑。

晏河清看他衣裳都湿透了，蹙眉，故作冷漠道："上来，够了。"

"晏河清！"萧予安恨恨地一拍水面，溅起水花无数，喊道，"这些日子，我哪里对不起你？"

晏河清说："上来，水冷。"

萧予安发疯似的继续扯着池塘里的枯荷："这些荷花是你种的是不是？好，那我就毁了它们！"

哎呀，这荷叶下还有藕呀！哎哟，这藕看着水灵灵、脆生生的，应该很好吃吧！

萧予安扯着扯着，禁不住池塘水冷，打了一个寒战。

晏河清眼眸一暗，俯下身要把他从池塘里拉上来。

萧予安心想：我这戏还没演完呢。

于是，他往后退了退。晏河清微微眯起眼，随即也跃进了池塘里。

萧予安瞧晏河清突然跳下池塘，先是一怔，马上就反应了过来。他微微思索，猛地扑了上去，将晏河清拽进池塘里，不过一瞬，两个人一起没入池塘中。

池塘上的侍卫们吓得脸都白了,迅速上前高呼:"皇上!"

池塘下,水波粼粼,萧予安憋着气,鼓着腮帮子对晏河清笑。

一沉一浮,两个人重新露出水面。萧予安一把推开晏河清,哭喊道:"晏河清,既然如此,你放我走吧。"

晏河清:"……"

侍卫们手忙脚乱地将两个人从池塘里拉上来,晏河清冷冷地抛下一句"他疯了,关寝宫里去",一场闹剧就这样落下了帷幕。

第二日,萧郡王不但疯了还顶撞皇上的消息不胫而走,很快就传遍了皇宫的角落。当天,陈歌就去西侧寝宫寻了萧予安。

小院里一壶清茶、一把躺椅,萧予安抓了一把瓜子,正在晒太阳,要多悠闲有多悠闲。

陈歌本是来安抚他顺便替他想想办法的,见他这样直接傻眼:"萧郡王,你?"

萧予安笑着说:"我?我疯了,别招惹我啊。"

陈歌叹了口气说:"萧郡王,我知道你被困于南燕国困苦,等过几日皇上气消了,我就劝他让你回西蜀国。"

萧予安急道:"别劝,别劝,你劝不动的,我才不回呢!"

陈歌哑口无言,长吁短叹了一会儿,摇摇头便走了。

陈歌这一叹,萧郡王疯了的事变得更加确凿无疑,几乎所有人都在可怜萧予安,只有萧予安仿佛置身事外,百无聊赖地逗鸟、喝茶、嗑瓜子。

是夜,添香伺候萧予安歇息下,悄悄掩门而去。

萧予安翻来覆去好一会儿睡不着。

他在床榻上躺了一会儿后,起身开始翻箱倒柜。不多时,竟然真被他翻出来一件夜行衣。

萧予安换上衣服、蒙住脸，决定夜袭晏河清。

然而他很快又犹豫了。

虽说他的寝宫没什么守卫，翻窗出去不会被人看见，但皇上的寝宫可是有重兵把守的。

就算他能悄无声息地离开自己的寝宫，又要如何才能溜进晏河清的寝殿？

萧予安撑着脑袋想了好一会儿，最后一砸拳，自言自语："不管了，先去再说，就算被抓，就喊我疯了。"

下定决心的萧予安深吸一口气，往窗边一站，伸手猛地打开窗，然后眼见一个人影翻窗进来。

萧予安愣了："咦？"

那人落地稳住身子，贴近萧予安，在他耳边说："你之前没说过你要跳池塘。"

萧予安笑道："这不是增加戏剧性，增加表演的张力嘛！"

晏河清说："可是冷。"

萧予安不以为意地说："没事，我一个大男人，冻一下又不会出事，跳个小池塘怎么了？时间够的话，我还敢游个七八圈呢！"

晏河清眼眸一沉，慢悠悠地说："不怕冷？"

萧予安昂首挺胸，毫不犹豫地说："不怕！"

萧予安装疯数日后，该来探望的人来了，不该来的也来了，唯独没等到黄越的消息。

他前几日还等得很有耐心，后几日当真有些坐不住。眼见离南燕国祭祀大典的日子越来越近，他左思右想一番后给黄越传了一封书信，上面只有四个大字——已无退路。

很快，萧予安收到了黄越的回信，上面的字更少，白纸黑字，只龙飞凤舞写着两个大字——不够。

"黄将军,你知道皇上差点被萧郡王刺伤了吗?!"

日暮时分,黄越将军府。

黄昏月下惆怅白,尘埃浮沉。

听完亲信的话,黄越若有所思地用手指点着桌子:"什么时候的事情?"

亲信说:"就在今天,皇上下早朝后,在回寝宫的路上被萧郡王拦下。听旁人说,萧郡王先是破口大骂皇上,被皇上冷眼无视后,突然从袖口里拿出匕首往皇上的胸口扎去!"

黄越意味深长地"哦"了一声:"那他现在是何下场?"

亲信说:"暂时被软禁起来,因为祭祖期间见不得血光,所以赐死改成软禁。"

黄越点点头,重新陷入思考。

他之前传信给萧予安,就是觉得萧予安并未把自己逼上绝路,如今看来,当真有点孤注一掷的意味。

黄越的指尖有一下没一下地慢慢点着桌子,窗外的太阳渐渐西斜,最后昏黄消散,尘埃落定。

他重重地一敲桌子,抬起头来说:"拿笔墨来,给萧郡王带封信。"

亲信惊诧不已:"黄将军?"

黄越说:"从我决定谋反那一刻开始,每走一步我都要思考后面三步该如何走,我不敢前行不敢后退,生怕出一点纰漏就会死无葬身之地。与其说我是谨慎从事,不如说我更像缩头乌龟,我黄越从不信命,但这次我偏偏想信一次,赌一把,拼一下。"

看似平静实则暗流涌动的日子一天天过去,云谲波诡,终是到了南燕国皇上独身祭祖的日子。

第七章　云谲波诡

月儿弯弯照九州，几家欢喜几家忧。

添香闷闷不乐了一天，用过晚膳后，萧予安逗她："怎么了？小姑娘家的，怎么眉头中间都能夹纸了？"

添香摇摇头没说话。

萧予安知道她是在担心自己，之前他为了能让黄越相信自己，不得不佯装刺杀晏河清，估计如今宫里的人都在说等晏河清祭祖后自己会被赐死的事情。

萧予安不能多说什么，只得安抚道："别担心，真的。"

添香哽咽着没说话，她点点头，收拾好碗筷，又给萧予安整好被褥，才起身走出寝宫。

这几日被软禁在寝宫里不能随意走动，萧予安实在闲得无聊，托添香拿了几本书来，前几日还看得津津有味，眼下却是一个字都看不进去。

明日就是晏河清祭祖的日子，如果没有意外，黄越会在当天刺杀晏河清，也会因此露出马脚，而后被一举抓获。

萧予安将手里的书翻得哗哗作响，然后往桌边一放，单手撑头，对着眼前豆大的烛火发呆。

夜渐深，萧予安看时辰差不多了，便轻轻地吹灭烛火，然后站起身。

他没有走向床榻，而是蹑手蹑脚地小步挪到窗边，屏住呼吸蹲守着。

又过了一会儿，萧予安寝宫的窗棂被轻轻地拉开。

晏河清翻窗进来，见四下漆黑一片，微微愣怔，而后一道黑影猝不及防地扑了过来。

两个人缠斗了一会儿，萧予安将晏河清抵住，笑嘻嘻地说："打劫。"

晏河清神色淡然："来。"

萧予安忍不住在心里感慨道：好好的一个邪魅男主，怎么天天上演翻窗的情节呢？

真是丧心病狂！

真是催人泪下！

真是哀叹连连！

真是……哎呀妈呀，真是太可爱了！

萧予安一只手抵着晏河清，一只手叉腰，眼底的笑意肆意，故意问："你是谁家的少爷？年方几何？"

晏河清："……"

见他不接话，萧予安低头闷笑，笑着笑着突然停下，说："晏哥，明天就要对付黄越了。"

"嗯。"

"你慌吗？"

"不慌。"

"那你怕吗？"

"不怕。"

"晏哥，你有没有害怕的东西？"

晏河清沉默良久后，竟然缓缓地点头。

萧予安惊诧地说道："你居然有害怕的东西？是什么？"

晏河清说："青丝暮成雪，老树成枯木，鲜衣怒马成旧景。"

萧予安："晏哥，你别怕。"

"嗯。"

"晏哥，最近待在寝宫里无聊，我想了好多乱七八糟的事情，明天过后告诉你。"

"好。"

第二日，南燕国祭祖大典即将开始。这次祭祀是南燕国的大事，就连只伺候萧予安一人的添香都被安排去帮忙，徒留萧予安一人在寝宫里焦急地等待着消息。

眼见就要到晏河清去祭祀的时辰，萧予安的寝宫门突然被人推开，他还以为是添香回来了，刚想询问外面的情况，见到来人一下子愣住了。

不请自来的人不是添香，而是黄越的亲信。

黄越的亲信踱步走进，将一套侍卫的衣裳放在萧予安面前，说："萧郡王肯借兵给我们，不胜感激，所以今日这一出好戏，怎么能少了萧郡王您呢？"

萧予安心里"咯噔"一声，垂落在两侧的手微微攥紧，笑道："可我被皇上软禁在寝宫里，不可随意外出。"

亲信笑了笑："萧郡王大可不必担心，外头我已打点好，至于皇上那边，今日过后，可就是黄将军一手定乾坤了，萧郡王又有什么好担心的呢？快换上衣裳随我去吧，时间不等人。"

萧予安死死地攥着手，表面却不露声色："说得对，那请您稍等。"

说完，萧予安拿着侍卫的衣裳走进内室，双眉越蹙越紧。

看来黄越还是没有对他完全放下防备之心，如果他此时去寻黄越，怕是会身陷囹圄，进退两难。

但是如果不去，事情很有可能会败露。这样一来，他和晏河清辛辛苦苦努力了一个月的成果都会成为泡影。

萧予安咬咬牙，拿起侍卫的衣裳，匆匆往身上套。

春寒料峭，吹不散忧卷不走愁。半山腰上，黄越的身影隐在繁茂枝叶后，四周全是身着暗纹黑衣的侍卫。

时辰到了以后，晏河清会独自上山祭祖，根据南燕国祭祖的规矩，他的侍卫们只能在山脚等候。黄越费尽心思将山脚西侧的人马全部换成自己的手下，然后派数人从西侧偷溜上山，只等晏河清经过此处。

陈歌应该很快就会发现西侧的守卫变少，成败不过一瞬。

黄越双手背在身后，深吸一口气又缓缓地吐出，身后忽然传来脚步声。他回头看去，正是萧予安和他的亲信。

黄越淡淡地招呼道："萧郡王。"

萧予安环顾四周，笑道："可真是天罗地网啊。"

"若没有萧郡王您的兵力相助，还真无法做到这种程度。"黄越说，"不知萧郡王现在心情如何？"

萧予安说："不瞒黄将军，紧张又害怕。"

黄越深有同感地笑了一下，突然问："萧郡王，你知道我为什么要谋反吗？"

萧予安吐出两个字："欲望。"

黄越摇摇头，说："你选择和我一起谋反，是因为你想活命，而我同样是想活命。"

"黄将军，你曾经和晏河清一起征战东吴国，立下赫赫战功，如今在南燕国有权有势，却不甘于此，依旧想要谋权篡位，如此这般将欲望说成活命会不会有些信口雌黄？"

萧予安话中带刺，黄越看了他一眼，竟然没恼，平静地说："我的父亲，曾是南燕国一位副将的下属，虽然官不大，但俸禄能让我们家不愁吃穿，我和我的母亲一直很知足。直到我十六岁那年，我父亲效忠的那位副将被人陷害入狱，我的父亲受到牵连，一同锒铛入狱。"

黄越顿了顿，低着头，陷入回忆之中："我的母亲找了所有能找的亲戚，散尽家财求了所有能求的人。我至今仍然记得她在雨夜带着我不停地磕头求人的情景，我们狼狈地跪在地上，被雨浇得浑身湿透，但即便如此，我的父亲仍然没有被放出来。后来，我参了军，在战场上不顾性命，次次都冲在最前面杀敌。我花了六年的时间，换得数百道伤疤，换来了副将军的位置，然后利用副将军的职权，不过数天，就为我父亲沉冤昭雪，可那时我的母亲已经去世两年了，我父亲在出狱不久后也撒手归天。"

说着，黄越笑了笑，笑中透着寒气："那时候我就明白，当你还是无名小辈的时候，就算是把头磕破，也不会有人听你多说一句，但是，有了权力，要什么就会有什么，甚至这天下，都是你的。萧郡王，你明白吗？权这种东西，还是牢牢地握在自己手里好。"

萧予安沉默了一会儿，说："高处不胜寒。"

黄越嗤之以鼻："不过是站在高处的人吓唬低处的人的鬼话，明明只有屹立山峦之巅，才能满目苍穹。"

萧予安无言以对。

忽然，林间传来一声悦耳的鸟鸣。黄越眼睛微眯，轻声道："皇上要来了。"

萧予安顺着他的目光看去，紧张地抿着嘴唇，双手不由自主地攥起。

透过树枝交错的空隙，萧予安能俯瞰上山的那条蜿蜒小路，鸟鸣声过后，一道白色的身影出现在他的视野中。

晏河清一头青丝没有绑束，全部拢在身后。他一身缟素，目视前方,双手托着祭品,一步一步地往山上走去。

萧予安不安地咬着嘴唇,连口中弥漫上血腥味都没发觉。黄越同样紧张,屏住呼吸,一言不发。

不知何时,山风静默,万物无声,几乎所有的目光都落在晏河清身上,正是剑拔弩张之际。

晏河清仿佛意识到了什么,突兀地停下脚步,然后慢慢地转头看了过来。

黄越突然对着亲信比了一个手势,又是一声响彻山林的鸟鸣。刹那间,数十名黑衣人从树上和草丛里蹿出,挥舞着刀剑猛地扑向晏河清。

晏河清连连后退几步躲过刀剑,一回头发现去路全部被黑衣人堵死,他已经身陷包围之中。

晏河清的眉头紧紧地蹙起,倏然听见身后的黄越唤了一声"皇上"。他一转身,目光定在黄越旁边的人身上,双眼蓦然睁大。

黄越还以为晏河清是在惊诧自己的背叛,戏谑道:"皇上当真如此惊讶吗?"

说完,黄越不再废话,拔出腰间的长剑,薄剑铮铮,泛着冰冷的银光。

在他要动手的一瞬间,有人伸手拦了拦他。

正是萧予安。

萧予安看了晏河清一眼,深吸一口气说:"黄将军,能让我来吗?我真的和你们的皇上有太多太多账要算了。"

黄越思索半刻,将一把匕首递给萧予安。

毕竟是弑君,能借他人之手再好不过。

萧予安握紧匕首,从黄越身边慢慢地走向晏河清。

他开口问:"晏河清,你告诉我,这么久以来,你可有一刻想放过我们西蜀国?"

黄越暗暗"啧"了一声,站在一旁看热闹看得起劲。

晏河清表面上不动声色,心里却恨不得萧予安能快点走过来。

萧予安也想快点过去,又怕露出纰漏被黄越察觉,只得绞尽脑汁将自己之前看过的狗血虐文里的台词背出来,继续演着戏:"你说,你到底是如何看待西蜀国的?"

黄越觉得牙疼,偏开头不想再看,却意外地看见黑衣侍卫中,有人悄悄地退了几步。

正是萧予安借他的西蜀国将士。

一瞬间,风起云涌,又蓦然寂静。

黄越突然握紧长剑一把挡在萧予安面前,又将他猛地拽回来,笑道:"萧郡王,皇上虽然手无寸铁,但是我依旧担心你敌不过他,万一伤着你可就不好了。"

晏河清眼中早已掀起惊涛骇浪,他现在只需动动手指,黄越等人就会立刻被一网打尽,但此时他仿佛被人定了身。

山脚下,山林间,甚至黄越的黑衣人下属中都埋伏着晏河清的侍卫,可皇上不发令,他们不敢贸然行动,内心焦急。

此时此刻,萧予安竟是最冷静的那一个。他将匕首丢还给黄越,冷笑道:"没想到黄将军现在还不放心我,也罢,那就请黄将军自己动手吧。"

黄越接过匕首,看着萧予安若有所思,还是对亲信使了个眼色。亲信了然于心,几步走到萧予安身旁,看似有些距离,却带着无法忽视的压迫感。

黄越不再废话,持剑走向晏河清,眼见利剑就要往晏河清的胸口刺去,晏河清却仍然未有动作。

千钧一发之际,晏河清侧身躲过黄越刺来的剑,从祭品中拔出一柄短刀。几声刀剑相撞的清脆响声和划破天际的银光过后，两个人已过手数招，但黄越独自一人根本无法伤及晏河清。

这是意料之中的事情，黄越没有气恼，迅速给四周的人递眼色，十几名黑衣人毫不犹豫，顷刻间扑向晏河清。

所有人都人气不敢出，屏住呼吸，天地间只剩山风掠过早春残叶所发出的飒飒声。

突然，一声惨呼打破寂静。

几乎所有人身形一顿，转头看向惨叫传来的方向。

原本看守萧予安的黄越亲信弓着身捂住腹部，疼得好半天回不过神来，而萧予安向着山下拔足狂奔，边跑边喊："保护皇上！"

黄越脸色骤然一白，反应极快地转身去追萧予安。晏河清紧随其后，却被十几名黑衣人团团围住。

不过一刹那，局势又突然被扭转，潜伏在山林间许久的陈歌率着数百名侍卫现身，对黄越一行人来了一个瓮中捉鳖，而黑衣人中的那些西蜀国将士也全部倒戈。

黄越的人全部慌了心神，乱了阵脚，有的人奋起反抗，还有的人早已丢下武器抱头投降，一时间刀光剑影，混乱不堪。

陈歌冲进人群中想要保护晏河清，却见晏河清急急地往萧予安的方向奔去。

萧予安知道方才是因为自己，晏河清才不敢贸然行动，现在他只要逃到安全的地方，一切都会按着原计划进行。

萧予安跑了一会儿，想回头看看是什么情况，谁知肩膀忽然被人按住，蛮横地将他扯住。他身形稳不住，整个人向后倒去。

两个人滚了好几圈才稳住身形，萧予安刚要抬头看去，就被那人掐住了喉咙。

黄越眼神狠戾，怒气冲冲地大喊："你算计我？！"

萧予安怎么会坐以待毙，拼命挣扎，与黄越搏斗，后方传来晏河清急切的脚步声和呼喊声："萧予安！"

眼见萧予安就要掰开黄越的双手，黄越突然从腰间抽出一把匕首，猛地往萧予安腿上扎去！

一声难以抑制的痛呼传出，又很快消失在混乱中。

黄越粗暴地抓住萧予安的头发将他拉起，匕首抵住他的喉咙，转身面对晏河清。

晏河清顿时停住脚步，盯着萧予安受伤的腿，几乎将牙齿咬碎，才说出话："别动他！"

黄越当真没想到晏河清会这么说，先是一愣，然后狂笑出声。

笑完，黄越拖拽着萧予安往山下走去。萧予安腿上有伤根本走不快，被黄越一路扯着，跟跟跄跄地下山，留下一路蜿蜒的血迹。

有侍卫要追，被晏河清拦下。

黄越也不知道自己要去哪里，又能去哪里，他只知自己已大厦将倾，再无回天之力，可他就是不甘心，真的不甘心！

他拖着萧予安来到半山腰，终是拖不动了，见后面并无追兵，便将萧予安一下子摔到地上。那处是崖边上的一方空地，是曾经的北国祖祠所在之地。

萧予安重重地摔在地上，手掌被擦得通红，腿上也疼痛不已。他缓了缓，笑道："黄将军可真是失策，若要挟持我，怎么能弄伤我的腿？"

如今黄越也冷静了下来，冷笑一声，说："我本想直接取萧郡王的性命，谁知皇上这般反应，你是不是也从未想过？"

萧予安哼哼几声，没回答。

不知为何，到了这般地步，黄越内心反而平静下来。他环顾四周，感受着山风凛冽，满目山河，早春带着潮湿的风吹得他遍体生寒，仿佛回到和母亲去求人那一日，浑身被大雨浇透一般冷。

忽然间，黄越好似明白了何谓高处不胜寒。

爬得越高，跌得也越惨。

身后突然传来脚步声，黄越猛地将地上的萧予安拽起，用他挡在身前，将匕首抵住他的喉咙，回身看去。

来人是晏河清。

晏河清孤身一人，手持长剑，风撩衣袂，站在十几步外，不再向前，只冷冷地说："你放了他，我放你走，连同你的手下也一并放走，"

黄越冷笑一声："皇上真会说笑，皇上，你可别忘了，萧郡王称臣一年多来，你对他可谓是嫌弃至极，我知道皇上是想活捉我，逼我供出党羽，才用这种借口周旋。"

萧予安忍不住说："既然如此，那大哥你应该把匕首架在你自己的脖子上而不是我的脖子上，啊，大哥……"

黄越拿匕首的手微微用力，萧予安的脖子上顿时渗出血珠。

晏河清猛地上前半步，又及时地遏制自己的冲动。

黄越看他这副模样，冷嘲热讽道："皇上这戏可演得真像啊！不如这样，皇上，你将手中的剑丢了，我便放过萧郡王如何？"

黄越的本意是想嘲笑晏河清，谁知晏河清竟毫不犹豫地将长剑丢在一旁。

黄越先是睁大双眼，随即爆发出癫狂的大笑，笑完之后喊道："晏河清，你到底凭什么当上皇帝的？凭什么？你瞧瞧你的样子，可悲至极，可笑至极！"

晏河清平静地说："你放了他，我放你走。"

"放我走？呵，放我走……"黄越失神地喃喃着，然后笑了一声，抬起头来，"晏河清，就算你放我走，我能走去哪里？你以为我是怕死吗?我告诉你,在我决定谋权篡位的那一刻,我就已经做好了掉脑袋的准备!晏河清,我不需要你放我走。"

黄越拿匕首的手微微用力,萧予安牙根颤抖,腹部的衣裳染成黑红色。

晏河清顿时呼吸不顺,听见黄越又癫狂地笑道:"只要你像狗一样爬过来,我就放了他,如何?哈哈,一国之君,一国之君,可笑,真是太可笑了!"

黄越的笑声戛然而止。

就在他话说完时,萧予安突然不顾匕首的威胁,猛地转过身来。

他这么一动,黄越手里的匕首顷刻间没入他的腹部!

萧予安浑身颤抖地忍住疼痛,骂道:"可笑!"

黄越一慌,正要抽出匕首重新控制萧予安,萧予安突然一个发力,两个人几步踉跄退后,猛地踩空,双双跌下悬崖!

二人重重地跌在山崖下一处突出的石台上,萧予安很快踉踉跄跄地起身。

黄越在地上滚了两下,差点一脚蹬出石台,吓得他慌慌张张地退了回去。他脸上惊恐的表情还没消失,须臾间,又一个人摔在了石台上。

萧予安惊恐地喊道:"晏哥!"

晏河清也没想到崖下有块石台,落地后短暂愣怔。随后,萧予安慌乱的喊声在他耳边响起:"晏哥小心啊!"

锋利的匕首带着凛冽的银光呼啸着刺向晏河清,黄越紧握匕首,满眼决绝和杀意。

晏河清躲闪不及,手臂被划出一道触目惊心的血痕。

黄越稳住步子,回身朝着晏河清的胸口狠狠刺去。

晏河清一把握住黄越的手腕，又狠狠地反扭，匕首的利刃顿时倒转方向，对准了黄越的胸口。两个人手肘、手臂相抵，拼尽全身力气僵持良久，忽然，黄越满眼嘲讽地笑了笑。

而后，他忽然松了力气，匕首一下子没入他的胸口。

黄越自嘲地冷笑几声，捂住胸口跌跌撞撞地往后退去。他抬起头望了一眼天空，从石台上坠下悬崖。

山风在耳边呼啸，黄越费力地睁眼，心想：这山可真高啊。

石台上，晏河清根本没多看黄越一眼，急忙转身去寻萧予安。他目光落定，双眸骤然一缩。

萧予安腹部的衣裳被染成一片暗红，他双手紧紧地捂住腹部靠在石壁旁，正努力地调整着呼吸。

晏河清颤抖着上前，伸手替他捂伤口。

萧予安费劲地朝他笑道："晏哥，我没事，你别担心……"

晏河清没说话，将自己的外衣用刀划成布条，替萧予安包扎腿上和腹部的伤口。

萧予安老老实实地坐着，絮絮叨叨："晏哥，我和你说，我是知道这里有一处石台才跳的，还有这腹部的伤，我的身体我了解，刺进来的时候我扭住了黄越的手，没有伤及五脏六腑，所以你别担心，没事的……

"晏哥，这事过后，你想不想休息一下？半山腰那小院被我砸坏了，可惜了，我们在寝宫附近挖个池塘好吗？养养鱼、种种桑麻，也不知道桑麻好不好种，你是不是想问为什么种桑麻？不是都说把酒话桑麻吗？不过好像诗句的桑麻都泛指庄稼……

"晏哥，我们再去做套衣裳好不好？之前那套我都还没见过，好看吗？上面绣的金龙真的像老板说的那样威风凛凛吗？

"晏哥,你是不是在生气?你别生气……不,你现在别生气,秋后再和我算总账……喀喀——"

见萧予安说着说着突然捂嘴咳嗽,晏河清忙说:"别说话了。"

萧予安扯扯他的袖子,笑道:"好,不说了。"

曾经初识不知喜悲,不知因劫,不知困苦还是福祉,春夏秋冬去,至此云开见月明。

萧郡王被囚禁了!

西蜀国君王萧予安被囚禁了!

堂堂一国之君萧予安被南燕国皇上晏河清囚禁了!

萧予安不明所以:"什么我被囚禁了?"

添香急得跺脚:"宫里的人都这么说!"

"这不是信口雌黄吗?"

"可皇上确实不让您走动啊!"

萧予安指着自己包扎得严严实实的腹部和腿:"他让我走我也走不了啊!"

"好像……没什么不对啊。"

陈歌一身泥一头土地从外面冲进来:"皇上为什么要在寝宫门口挖池塘啊?!"

萧予安乐呵呵道:"记得锦鲤要放红的,红的好看。"

萧予安抓了一把放在床榻边的蜜饯,塞添香手里一些,自己嚼一颗,才继续说:"等等,吃不吃蜜饯?"

陈歌悲愤地说:"吃!"

"来,来,来,把手伸过来。"萧予安抓一把蜜饯递给陈歌。

陈歌单手去接,却突然传来凳子倒地的声音。

几个人吓得一回头,见晏河清站在他们后方,身边是倒在地上,还在骨碌骨碌滚的圆木梨花凳。

陈歌反应迅速,单膝跪地抱拳:"微臣叩见皇上!"

晏河清面无表情地说:"池塘。"

陈歌应道:"微臣这就去继续挖!"

说完,陈歌风风火火地冲了出去。

晏河清几步走到萧予安床榻前,问:"身上可还疼?"

萧予安笑道:"不疼,不疼。"

"嗯。"晏河清嘱咐道,"好好休息。"

说完,起身就走了。

添香长吁一口气,刚想问萧予安午膳吃什么,却见他一副愁眉苦脸的模样。

晏河清生气了,真的生气了!

"萧郡王,你怎么了?怎么最近总是愁眉苦脸的?"这日,用过晚膳,见萧予安苦恼地撑着头发愣,添香边收拾碗筷边问道。

萧予安说:"我这不是惹皇上生气了吗?在想办法呢!"

添香瞪大眼睛,说:"不会吧,皇上不像是在生气啊!萧郡王,你要是问我其他的,我可能可以和你说上几句,但皇上的心思太难捉摸了,要不你去问问在寝宫门口挖池塘的陈将军?"

萧予安一拍脑袋。

嘿!他怎么把陈歌给忘了!

陈歌哼哧哼哧地挖了一天的土,这会儿好不容易歇息了下,坐在一旁刚灌进一口凉水,耳边突然幽幽地传来一声:"幸福的生活从哪里来,要靠劳动来创造!"

陈歌一口水就喷了出来,呛得差点魂归西天。

萧予安好心地伸手拍着他的背给他顺气:"慢点,慢点,别急。"

陈歌的内心在号啕：我这不是急，我这是被你吓的！

他好不容易才把气顺匀了，轻吁一口气，问："萧郡王，你怎么跑这里来了？伤没事了吗？"

"没事，我问你一个问题。"萧予安往陈歌身旁一坐，满脸认真地问，"皇上生气了该怎么办？"

陈歌又喝了口水，回道："那要看是什么事惹皇上生气了。"

萧予安说："之前答应他不做傻事，结果又……不过那时候情况危急，我也是没办法……就……"

陈歌若有所思地点点头："那他与你争吵了吗？"

萧予安说："没有，他要是肯骂我一顿，说不定骂完之后我们就冰释前嫌了，现在是气得连骂都不想骂了。"

"啊？这不是没生气吗？"

"嗯？何以见得？"

"他可能只是担心你身上的伤，又不愿意流露出过多忧愁的神情让你担心，所以才表现得有些别扭。"

"咦，有点道理！可以啊，小陈，不愧是你！"

陈歌被夸了很开心，继续哼哧哼哧地挖池塘。

而此刻，晏河清正处理着朝政，忽然有大臣前来进谏："皇上，西域之国派使臣送来书信，信上说他们听闻西蜀国君王来我国称臣，如果我们不遣送西蜀国君王回西蜀国，他们不敢保证不会对我们的边境城池有所动作。"

晏河清批阅奏折的手一顿，缓缓地抬起头，眼中是深不见底的寒意。

大臣还未察觉晏河清的神情不对，依然有板有眼地分析着局势："臣认为，的确应该先将西蜀国君王遣送回西蜀国。皇上，西域之国都是游牧民族，天性鲁莽好战，若是天天骚扰我国边境，边境百姓一定叫苦连天，这小国原本就只觊觎西蜀国的土地，担心我们与西蜀国交好才有了如此要求，不如等他们两国先恶斗一阵，我们再来个黄雀在后，定能一举收复西蜀国，夺得天下！"

大臣分析得头头是道，晏河清没有过分苛责他，只是冷冷地说道："犯我边境者，打。"

大臣一愣："打？可是皇上，我们和西域之间隔了一个西蜀国，若是要打，只能绕路，这般大费周章，路途劳顿将士们无力征战不说，粮草也难以为继！"

晏河清摇摇头，说："不绕，经西蜀国。"

大臣说："皇上，我知道您一直想出兵西蜀国，但此时我们若是征战西蜀国，当黄雀的可就变成西域之国了啊！"

谁知晏河清再次摇头，说："与西蜀国交好，征战西域。"

大臣简直不敢相信自己的耳朵。

之前西蜀国想与南燕国交好，曾送了数张不同的公主画像来，让晏河清选做妃子，谁知晏河清直接一把火将画像烧了个一干二净，还决心要攻打西蜀国。

现在又说要交好？

大臣还想追问，晏河清突然起身："无事先退下，明日再禀告。"

大臣不敢多言，只得匆匆告退。

晏河清稍稍收拾了下奏折，便起身往寝宫而去。

回到寝宫后，他屏退跟随的侍卫，推门走进。

萧予安因伤重不得不卧榻，见晏河清回来就扬起笑容："晏哥，你回来了？"

晏河清看了他一会儿，走到木桌旁点起蜡烛，又重新走回床榻，坐下检查他的伤口，问："今天换药了吗？"

萧予安连忙道:"换了,换了。"

晏河清"嗯"了一声,将人往被子里塞。

"晏哥,你别担心了,我没事。"

晏河清看着他,说:"萧予安,我做了很多梦,之前梦到你自刎在我眼前。后来这几日,我不再梦到你自刎,我梦见你从山崖跳下,粉身碎骨,尸骨无全。"

萧予安喉咙一哽,说:"晏哥……我……我……"

他说不出解释的话。

晏河清看着他,突然想起自己之前将他丢出寝宫。

那日大雪纷飞,萧予安衣衫单薄,大约是因为又疼又冷,他也如今日这般。

晏河清沉声道:"没事了,都过去了。"

萧予安指天指地,笑嘻嘻道:"一定要让你梦见一个活蹦乱跳能后空翻的我。"

晏河清望着他,突然说道:"萧予安,为了天下,西蜀与南燕合为一国,共同御敌吧。"

萧予安已经对着桌上那盆含苞的水仙傻笑一天了。

添香一开始还问他遇到了什么事情怎么这么开心,现在已经犹豫着要不要请太医了。

水仙的花苞带着玉露香,萧予安伸手抚着那修长翠碧的绿叶,笑道:"好香。"

然后,他又站起身走到窗边:"日出云海间,天蓝!"

紧接着,他深吸一口气,又说:"小风微微凉,舒服!"

他又抬眸看院里还未凋谢的梅花:"寒霜一抹红,惊艳!"

添香又惊又恐:"萧郡王,您这是怎么了?!"

175

萧予安弯着眼眸,说:"我开心啊!"

他把周围能夸的都夸了一遍,连花花草草、瓶瓶罐罐都没放过,还是觉得不足以表达自己愉悦的心情,于是乐呵呵地往院子里去。

今天的陈歌将军仍旧坚持不懈、不知疲惫地挖着池塘,池塘已经有了雏形。他站在池底,擦完头上的汗后双手叉腰,颇有成就感。

忽而,远处缓缓走来一人,那人往基本成形的池塘边上一坐,一条腿屈起,一条腿晃荡着,正笑嘻嘻地看着陈歌。

陈歌抬起头,笑着抱拳行礼:"萧郡王。"

萧予安招呼他:"来,来,来,陈将军会扭秧歌不?"

陈歌一脸茫然地问:"扭……扭什么?"

萧予安说:"秧歌,不会?没事,我教你。来,挺胸、收腹、提臀,双手抬起来,兰花指捏起来,别害羞啊,大老爷们捏个兰花指怎么了?然后左脚踩右脚,右脚踩左脚,扭腰,扭!对,对,对!学得很快啊,陈将军。"

陈歌崩溃极了,摸了一把脸,问:"萧郡王,你今天怎么了?"

萧予安笑道:"没怎么啊,我开心!你跳着,我给你伴奏。"说着萧予安清清嗓子就开始唱道,"今天是个好日子,心想的事儿都能成!咦,你怎么不跳了?"

陈歌说:"萧郡王!微臣还有池塘要挖!恕我不能奉陪!"

萧予安捧腹大笑,最后大发慈悲地放过了陈歌。

陈歌轻吁一口气,为避免再受荼毒,他决定赶紧将今日的活干完,然后打道回府。

结果路上见到几位刚下早朝的大臣,一个个都满脸震惊。有的拔足狂奔想要立刻回府与家人分享今日的所见所闻,有的正三三两两地聚在一起，全在问怎么回事。

陈歌疑惑，拉住一位熟悉的大臣问："怎么了？发生什么大事了吗？"

那位大臣一见是陈歌，立刻嚷了起来："陈将军！这几日你有要务在身，没来上早朝，所以不清楚，你知道今早皇上说什么了吗？！"

"说什么了？"

"西蜀与南燕联盟御敌，今日就昭告天下！"

半个月后，南燕国派兵至西蜀国，与西蜀国共同抵御外敌。

至此，天下归为一家。

民间自然也流传着各种各样的故事。

而此时，亭台楼阁，碧瓦朱甍，廊腰缦回，处处张灯结彩，庆贺着抵御外敌的胜利，一派喜气洋洋。

百官来贺，率土同庆，整座皇城热闹非凡，龙楼凤阁烛火点点，四处挂着大红灯笼。

若是站在高楼上，目光所及的尽头有着连绵群山、满天星斗和万古皓月，这是率土之滨，是天下王土。此时谁也不知道，十年后，将因为两位君王的努力，迎来一场盛世繁华。

当所有人都在庆祝的时候，大殿却安安静静的。

晏河清穿过那条两边挂满红色灯笼的长长走廊，最后停在殿门前。他伸手缓缓地推开殿门，绕过千秋万岁贺喜屏风。

窗前站着一个人，那人听见声响，转过头来，见来者是晏河清，立刻弯眸对他笑。

那笑无拘无束、温润如水，恰似人间的春花秋月、星辰辉映。

一如从前。

番外一

萧予安早上迷迷糊糊醒来的时候，习惯性地往左边滚，又往反方向滚了滚。

他如此不安分地滚来滚去，早就离开了被子温暖的怀抱。清晨的寒意丝丝渗骨，他愣是被冻清醒了。

萧予安睁开眼。

这……这……这是哪里？！

萧予安一下子翻身坐起，满眼不可思议。他思考了三秒先纠结自己在哪里，再纠结身下的这张床。

因为他睡在一张大约有十平方米的床上。

是的，十平方米。

经典的霸道总裁小说中，总会提到一个词：king size（王者尺寸）。

仿佛不睡 king size 的总裁都不是一个真总裁。

而 king size 的国内标准尺寸是长两米宽两米，但是他现在睡在一张十平方米的床上。

十平方米啊！

有毛病吧？

"睡十平方米的床也就算了，还非得睡床中间？每天爬上爬下不累吗？！"

萧予安纠结完床，开始纠结自己在哪里。

四周的家具和装饰全是现代化装潢，萧予安一摸头发，短的。

萧予安突然有点慌，于是快速下床，跋上放在床边的圆头半包拖鞋，喊道："晏哥。"

房门外突然传来敲门声："先生，该起来上班了。"

萧予安犹豫半晌，伸手打开门。

门外站着一位白发苍苍但是神采奕奕的老者，穿着黑色西装，里面是一件银灰色的马甲，领口的扣子全部扣着。见他打开门，老者微微弯腰，毕恭毕敬地说："先生，早餐已经备好。"

萧予安瞬间瞪大双眼，声音都在颤抖："赵……赵……"

赵管家蹙起眉："先生，您怎么了？哪里不舒服吗？"

"没什么，没什么。"萧予安深吸一口气，狠狠地掐了自己一把，觉得疼痛不已，也冷静了下来。

他忽然想起什么，冲回房间，骂了一句"这床设计得真傻"，然后花了点时间来到床上的枕头旁，伸手一摸，果真摸出一部手机。

萧予安打开前置摄像头，手机屏幕中的面庞十分熟悉，是他自己的脸。他左看右看，又揉搓了自己的脸两把，这才稍稍安下心。随即，他快速打开手机上的日历，然后再一次愣住。

啊，他想起来了——手术非常成功，住院半个月后自己的身体已痊愈。

而这天是他出院的第二天。

"今天的萧总有点怪啊。"

"怎么了？"

"刚才在电梯遇见他，他问我他平时办公的地方在哪里，又问我认不认识一个叫晏河清的人。"

"有钱人的思想，我们不懂。"

"说得也是。"

"不过你好幸运啊，竟然遇到了萧总，我觉得他好帅，年轻有为的钻石王老五。"

"他真的好帅，而且还没有架子，对谁都带着笑容！"

"明人不说暗话，想嫁！"

两位文秘小姐正在咖啡机旁边聊自家总裁的八卦，身后突然传来一声咳嗽。

她们背后说人，顿时吓得浑身发抖，待看清身后的人更是惊得魂飞魄散。和那人匆匆打招呼后，她们连忙跑回自己的工位埋头工作。

那人虽然蹙着眉，但是也没说责怪的话，拿起手中托盘里的白瓷咖啡杯，娴熟又仔细地调了杯咖啡，而后走出办公室，乘电梯上了第二十六层楼。

二十六楼只有一间办公室，那人拿着文件和咖啡，敲响了办公室的门。

里面传来熟悉的声音："进。"

那人几步走进，将咖啡和资料一起放在办公桌上，轻轻笑道："萧总，您的咖啡，这是明天的会议资料，您……萧总，您怎么了？眼睛怎么红了？是生病了吗？"

萧予安为了掩饰失态，微微侧头，声音哽咽地说："没……没事，就是……就是比较开心。"

他止住眼睛的酸涩，伸手翻了翻面前之人挂在胸前的工作牌。

姓名那一栏写着"虞红袖"三个字。

萧予安说："我可以叫你红袖吗？"

虞红袖笑了笑，说："萧总，您今天怎么了？您不是一直这么叫我的吗？"

萧予安忍不住又红了眼眶。

十分钟后，人力资源部部长边接电话边号啕："什么？给萧总的秘书加工资？加多少？什么？加三倍？！你知道红袖姐的工资有多高吗？她可是萧总的专属秘书，本来工资就高，什么？萧总亲自要求加三倍？行吧，成吧，加，加，加！加还不行吗？反正公司有钱，加！"

萧予安这下工作资料也不想看了，拉着虞红袖问："你弟弟妹妹呢？"

虞红袖回道："都在读大学呢，弟弟才大一，妹妹马上就要毕业了。"

"问她愿不愿意来公司实习！"

虞红袖微微愣怔，然后笑道："好，我回去问问她。"

萧予安忽然记起什么，问道："红袖，你认识一个叫晏河清的人吗？"

虞红袖觉得有些耳熟，但是又想不起在哪里听过，于是摇了摇头："不认识。"

萧予安面露失望，又道："如果哪天遇见了，记得立刻通知我。"

"好。"虞红袖答应下来，又继续尽职尽责地给萧予安汇报工作，"萧总，这是市场部今年的费用申请，刚经监察部审核，请您过目。"

虽然才醒来，但萧予安之前好歹当了那么久的总裁，这些工作的性质也大同小异，虽说不能算轻车熟路，可还是懂得一些。他拿起虞红袖给的文件翻阅起来，翻着翻着突然瞪着眼睛指着一张表上签的名字："这谁？在哪里？做什么的？！"

虞红袖看了一眼："啊，杨柳安……他好像是监察部的一位主管。萧总，您……咦，萧总，您去哪里？"

清晨，监察部弥漫着油条、包子、韭菜合子以及鸡蛋灌饼的香气。

监察部的部长捧着一杯散发着热气的清茶，边吹边感慨自己已到夕阳红的年纪了。

手机突然屏幕一亮，唱起了"爱就像蓝天白云晴空万里突然暴风雨"。

部长不紧不慢地拿起茶杯，不紧不慢地喝了口茶，不紧不慢地接起电话，然后就一口茶水喷了出来："萧总怎么突然要来？！乖乖！"

部长话音刚落，监察部众人先是愣了一秒，然后迅速收拾自己的桌面，一时间文件、摆件满天乱飞。

萧予安到达监察部的时候，只见每个人都在低头忘我地工作，地面和办公桌面干干净净，空气中散发着空气清新剂的味道。部长站得笔直，用标准的普通话说道："欢迎领导前来视察工作！"

萧予安婉拒了部长想要热情激昂做工作报告的请求，说："没事，我就随便看看，你们照常工作便好。"

然后他就真的随便看了起来。

萧予安穿过一张张办公桌，忽然停下脚步，随即笑了笑。

方才监察部众人那一番手忙脚乱对杨柳安没什么影响，他向来不在办公桌上乱摆东西，而且今天工作繁忙，他从早上就没歇息过，一直沉浸在工作中，有人站在身旁都没察觉。

跟着萧予安的部长干瞪眼，单手握拳猛地咳嗽了几声。

杨柳安不为所动。

部长急得冒汗，咳得仿佛得了肺炎。

杨柳安仍旧专心致志。

部长一步上前，说："哎呀，小杨，你这桌子可真干净啊。"

杨柳安埋头苦干，好半天才接一句话："嗯，谢谢部长夸奖。"

部长心里在流泪：我求你抬抬头啊！萧总来视察了，你还无视人家了！我愿意用我三天不吃肉，换你一次抬头！

杨柳安抬起头，将手里的文件递给部长："部长，这份文件我审核完了，你记得签字，啊！萧总？！"

萧予安笑眯眯地说："小杨同志，工作辛苦啊，还是一如既往踏实啊！"

杨柳安蓦地站起身："不辛苦！"

萧予安拍拍他的肩膀，笑着走了。

部长几乎是哭着对杨柳安说："你怎么不早点抬头，我三天不能吃肉了，呜呜——"

虽然部长笑得比哭还难看着实让人为之动容，但是杨柳安实在不明白自己抬不抬头和部长吃不吃肉有什么关系。

部长摸着头，挺着肚子，委屈巴巴地坐回位子上啃起了小蛋糕。

十分钟后，人力资源部部长再次接到了电话："什么？又加工资？这次又加给谁？监察部的杨柳安？谁啊？哦，一个主管啊，这次加多少？什么？又加三倍？什么？又是萧总亲口要求的？成，成，成，加还不行吗？有钱任性，加，加，加！"

怀揣心事但是尽职尽责工作了一天的萧总裁今天准点下班。

下了班的萧总裁走在路上，时不时地遇见和自己打招呼的下属。

于是萧总裁见人就问："你认识晏河清吗？"

可惜问了好几个都说不认识，萧予安唉声叹气，手机铃声忽然响了起来。

萧予安拿起手机一看，屏幕上是"妹妹"两个大字。他足足愣了三秒，才匆忙接起电话："喂？"

那头传来平静淡漠的声音："喂，你放在抽屉里的第三把车钥匙我找赵管家拿走了,永宁快下课了,我去接她。"

萧予安再次好半天没说出话来。

萧平阳拿下手机看了一眼,确认不是手机的问题又重新放耳边,说道:"喂?听得见吗?"

那头这才答道:"听得见。"

萧平阳拿着车钥匙,往地下车库走去,指尖钩着钥匙打转:"那行,不多说了,车钥匙到时候再还你。"

而此时,A大某社团的练习室里,周永宁抚着眼前的古琴,温柔地笑着,对眼前的人说:"晓老师,今天也谢谢您的指导了,辛苦您了。"

晓风月目光柔和地注视着对方,摇摇头,说:"不辛苦。永宁,你学得很快。对了,你今年是大四吗?"

周永宁点点头:"对,老师,我六月份就毕业啦。"

晓风月问:"那对工作有什么想法吗?"

周永宁笑道:"我考了编制和职业教师证,准备和您一样,当老师。"

晓风月点点头,温柔地笑着说:"很适合你,你一定会成为一名优秀的教师。"

"谢谢老师。"

周永宁收好古琴,又将社团的练习室简单地整理了一下,背上包对晓风月说:"那老师,我先走啦,还有人在等我呢!"

晓风月点点头:"好,去吧。"

周永宁笑着挥挥手,走出教学楼,又出了校门口,环顾了一番,目光定在一处。

一个身着红白色卫衣的女人倚在一辆车旁,看到周永宁后站直了身子。

周永宁笑意满满地跑过去:"平阳!"

一直冷着脸的萧平阳露出了点笑意,打开车门和她一起上车。

周永宁问:"今天工作辛不辛苦啊?我给你捶捶肩吧。"

她说着握着拳头轻敲上萧平阳的肩膀,萧平阳边发动车子边说:"不辛苦,大项目都是我哥在负责,我就是管理一下分公司,学习而已。"

萧平阳的话音刚落,电话铃声就忽地响起。她看了一眼,伸手接起:"喂,哥?怎么了?"

"什么?晏河清?不认识,谁?你问永宁认不认识?我问……她说她也不认识。行了,不和你废话了,我要和永宁去玩了。"

练习室里,晓风月细致地给学生们放在这里的古琴做完保养,才起身走出练习室。他锁好门,走下楼,老远就看见保安室里站着熟悉的身影。

保安室里,保安老大爷对杨柳安说:"小伙子,又等晓老师呢?"

杨柳安点点头:"是呀,大爷。"

"你们兄弟的关系可真好!哎呀,你看,那不是晓老师吗?"

杨柳安抬头看去,看到了站在保安室外的晓风月。晓风月含着笑,抬手轻轻地敲了敲窗户。

杨柳安和保安大爷道了声再见,起身走出保安室。

晓风月问:"等很久了吗?"

杨柳安摇摇头:"没有,没有很久。"

杨柳安笑道:"我今天加工资了,我们去吃顿好的吧。"

晓风月笑道:"好啊。"

"你想吃什么？"

"嗯……还没有想法，我们边走边想吧。"

"好。"

萧予安问了一圈也没人知晓晏河清是谁，苦闷得准备回去，忽然接到虞红袖的电话。

"萧总，您今晚约了李先生吃饭，您可别忘了，您现在在哪里呢？要不要我让司机去接您？什么？您问哪个李先生，自然是您的好朋友，李无定先生啊。"

李无定一边整理着黑色风衣的袖口一边往餐厅走去，虽已开春，但早春的夜晚依旧带着寒意。他平时总是忙得不可开交，这日好不容易得了空闲，说什么也要和朋友会面。

他刚走到餐厅门口，迎宾的侍者便弯腰伸手拉开门，笑着将他迎了进去。

"先生，有预约吗？"

"有，萧予安。"

"您就是萧总的朋友啊，请随我来。"

李无定跟随服务生一路往餐厅尽头的包厢走去，刚打开包厢门就看见萧予安抬起头来，目光灼灼地看着他。

李无定笑了一下："什么眼神，怎么一副好像我死了又活过来的表情？我前段日子可没出任务啊。"

萧予安收敛情绪平复心情，两只手交叠着放在桌面上，像问候许久未见的老朋友那样笑道："好久不见，近来可好？"

虽然在见面之前已经做好了心理准备，但一开口，萧予安的双手仍然不由自主地紧紧攥在一起，只因当真是好久不见。

"还成。"李无定在萧予安对面坐下，"没出任务，每天至少都能睡足六个小时。"

"对了，淳归还好吗？"萧予安问。

李无定一怔："淳归是谁？"

萧予安愣住了。

两个人大眼瞪小眼地对视了一会儿，李无定突然想起什么："是不是之前你让我留意一下的那位小兄弟？说是考上一所双一流大学不去，非要来当兵的那个，就是……就是……姓什么来着，孙老也和我提了一下。啊，我想起来了，是不是姓谢？"

萧予安激动道："对，对，对，姓谢，叫谢淳归！等等，双一流大学不去？这是怎么一回事？"

李无定说："是啊，孩子的爸妈都支持孩子当兵，就是外婆不开心，看不得自家的外孙受这种苦，找到了孙老让他去劝劝那孩子，孙老又找到了我。我看了那孩子的资料，明天才来报到，而且还有集训，也不知能不能坚持。"

萧予安笃定道："肯定能坚持。"

李无定惊讶道："你很了解这孩子吗？"

萧予安笑道："这孩子可优秀了，明天你见着就知道了。"

李无定若有所思地点点头，内心隐隐涌起一丝期待。

临近午时阳光有些晃眼。这天是集训的第一天，尘土弥漫的操场上是一片赏心悦目的军绿色，骄阳下有热血，有汗水，有嘹亮的口号，更有坚毅无畏的眼神。

班长正在操场上巡视，忽然见远方走来一人，连忙站定行礼："队长！"

李无定同样站得笔直，说："班长辛苦了，集训进行得怎么样了？"

"刚结束十公里的拉练，休息后开始下一个训练项目。"

李无定点点头："有人坚持不下去吗？"

班长回答："暂时还没有。"

李无定抬眼望向新兵。操场上，清一色的稚嫩面容，每一个人脸上都淌着汗水，却都咬牙坚持。有几个人的军姿并不算太标准，看得李无定着实觉得别扭，很快又听指导员在大声训话。

李无定收回目光，问："班长，你知不知道谁是谢淳归？"

班长忙说："谢淳归啊，我还真知道！"

说着，他伸手一指。

李无定顺着他的手指看去，见一名青年正独自在操场上跑步，从他的神情可以看出他已经筋疲力尽，正张着嘴重重地喘息，汗水流进他的眼睛里，导致他右眼睁不开。他伸手擦了擦，继续跑着。

班长说："也不知道这位小兄弟刚才十公里拉练的时候犯了什么错，拉练回来都没有休息，直接被罚跑操场五圈。我估计这么一来，这位小兄弟集训结束的时候，会选择退出吧。"

李无定没有应声，只是轻轻地点了点头。

说话间，那边谢淳归已经跑完五圈归队。没过一会儿，休息结束，又开始了第二轮的体能训练：俯卧撑。

一声令下，大家迅速卧倒，然后在指导员的口号声中做起俯卧撑，见到姿势不标准的，指导员毫不留情地批评。

李无定盯着人群中的谢淳归，虽然刚才比其他人多跑了五圈还没有休息，但是接下来的一百个俯卧撑，谢淳归不但坚持做完，而且一个都没有偷懒。汗水早已打湿他的衣襟和后背，可他的眼中没有丝毫退缩。

一百个俯卧撑过后，新兵们拍着手掌上的沙子迅速起身。谢淳归刚站好，指导员突然走到他面前说："你再做五十个。"

谢淳归愣了一下，但是没问也没说什么，只是重新卧倒，遵从指导员的命令做了起来。

班长有些诧异："这是犯什么错了？"

李无定的眉头轻轻地蹙起，目光在指导员和谢淳归身上来回转。

接下来，每项体能训练结束，谢淳归都会被指导员罚，在被罚到第四个体能项目时，班长走过来叫走了指导员。

指导员不由得心里"咯噔"了一声，抬起头，果真远远地看到李无定站在前方。他心里暗叫一声不好，而后低头跟着班长来到李无定面前，慌慌张张地行礼："队长！"

李无定点点头，对班长说："班长，你先去给新兵们当临时指导员，我问他几个问题。"

班长小跑向新兵。

李无定看向指导员，语气淡淡地问："刚才那名新兵，你罚了他四次，他犯了什么错？"

指导员支支吾吾了一会儿，好半天才说道："拉练的时候不听指挥。"

李无定说："这是违纪，要记录在案，为什么拿体能训练当惩罚？嗯？不听指挥是吗？他是如何不听指挥的，你把具体情况说一说。"

指导员含含糊糊地说了过程，李无定点了点头："你去把另一位指导员叫来，我问问这件事情。"

那指导员一下子慌了神："队……队长，这……我……"

指导员见李无定已经有了怒意，连忙说道："队长，我如实和您说了吧，这是家属提的建议。"

李无定一怔："家属？"

指导员说:"嗯,这是孩子外婆提出来的,老人家恳求我们严格一点,好让她外孙知难而退。老人家的丈夫是烈士,这忙我们自然是要帮的,不帮说不过去啊,队长。"

李无定说:"嗯,我知道了。"

指导员轻吁一口气,行完礼刚要归队,李无定却道:"你不用回去了。"

"啊?队长?"

李无定厉声说:"公私不分,当什么指导员?"

指导员自知难逃责罚,顿时垂头丧气起来。

第一天的集训总算结束了,洗澡时间有限,一群大男人在食堂里匆匆扒拉了几口就急吼吼地往澡堂赶。谢淳归洗完澡拿着脸盆回到寝室,听见室友仰面倒在床上抱怨:"真是太辛苦了,累死了,想到以后都得这样就觉得绝望,要不集训结束就退出算了。嗯?小谢,你洗完了?"

谢淳归点点头:"嗯,洗完了,你快去吧,要没热水了。"

一语惊醒梦中人,室友从床上弹起,抄起脸盆和水桶急匆匆地直奔澡堂。

谢淳归拿干毛巾擦着头发,坐在床榻上的时候觉得双腿隐隐发酸,估计明天会疼痛不已。

他伸手揉搓、敲打着小腿,忽然听见有人敲门。

门并没有关,那人站在门口伸手轻叩两声,只是为了引起谢淳归的注意。

谢淳归听见声响转头看去。

那人的身影挡住了门外微凉的月光,昂首挺胸,身姿挺拔,沉着稳重,屋内暖黄的灯光洒在他的脸上。

同是忠肝义胆,一人身葬火海,一人骨埋雪山。

在看清来人的模样后,谢淳归蓦地站起身,手忙脚乱地将桌子快速收拾了一下,才抬起头慌慌张张地喊:"队……队长。"

李无定惊诧地问:"你竟然认识我?"

谢淳归点头如捣蒜:"认识,我认识队长您。"

站在门口的李无定笑了一下,问:"我可以进去吗?"

谢淳归紧张得手心冒汗,悄悄地回头看了一眼自己床铺上的被子有没有叠成豆腐块,见四处都整洁干净,连忙道:"可以!您请进,请进。"

李无定踏步走进:"嗯?室友都不在吗?"

"都去澡堂了。"

李无定"哦"了一声,又问:"今天集训觉得辛苦吗?"

谢淳归猛地摇头:"不辛苦!真的不辛苦。"

李无定笑道:"要是觉得苦就说,没关系的,你今天的训练强度确实很大,觉得辛苦也是正常的。"

谢淳归双手微微攥紧,神色慢慢从慌乱变为冷静:"队长,我不觉得辛苦,真的。"

李无定望着他,青年的面容还带着少年的稚气,眉眼间的刚毅却让李无定无端觉得熟悉。

听见谢淳归的话,他略微动容,但毕竟受人之托,还是直言:"是你外婆请我来劝你的。"

谢淳归抬头不解地反问:"劝我?"

李无定说:"你这么聪明,完全可以选择考进军校,根本不必入伍。集训完服役,在泥潭里摸爬滚打,如果有任务,还有受伤甚至牺牲的危险,反正两条路都是一样的……"

"不一样的。"谢淳归突然打断他。

李无定微微一怔,听他继续道:"如果一样,那为什么当初您也选择放弃进入军校,从最基层的列兵开始磨炼自己?谁都能来劝我,可是队长不能,因为如果这世上只有一人能理解我为什么会选择这条路,那个人一定是您。"

李无定先是惊愕,随即笑了起来。他的面相虽然威严,带上笑意后却淳朴:"看来是我劝错人了,你果真如他们所说的那样,相当优秀。"

突然被夸,谢淳归欣喜若狂,他蓦地上前一步拉住李无定,急切地说:"队……队长!我仰慕您很久了!我想做您的副队!"

李无定一怔,不好意思地揉了揉脑袋,半开玩笑半鼓励道:"好,好,不过我的副队都是能打得过我的,你努力。"

简简单单的对话,谢淳归就这样一步一步地往目标奔去。

信仰双肩扛,热血少年郎,终是战友如故。

萧予安第二次从十平方米的大床上醒来的时候,拍着身下的床总有种今天不一般的感觉。

然后他一到公司就被人撞了。

萧予安揉着被撞疼的胸口,心想今天回去一定要让赵管家把那破床换了。

撞人的女孩生得眉清目秀,性子也乖,不停地弯腰道歉。

萧予安伸手阻止她,道:"没事,没事。"

萧总裁没走两步,又撞到了人,这次是他不小心撞到了人家。

被撞的女孩趾高气扬地双手抱胸,眉毛一挑,眼睛一斜:"往哪儿撞呢?长眼睛了吗?"

萧予安好脾气地笑着道歉,又问对方有没有事。

女孩摆摆手,仰着优美的天鹅颈走了。

萧予安迅速打了个电话给赵管家,让他赶紧把那充满了霸道总裁气息的破床给处理了。

挂掉电话，他走到电梯口，一拐弯又被人撞了。

这次是位男士，模样清秀，撞到萧予安以后，慌慌张张地道歉。

萧予安觉得有些无奈，说了句"没事"便赶紧走开。

他小心翼翼，一步一挪，好不容易安全地挪进了电梯里。他长吁一口气，结果一出电梯门又撞上一个人。

萧予安忍不住了："今天有毛病吧？！"

被撞的是一位气场十足，挽着袖子露出花臂，在室内还戴着墨镜的男人。那男人一把抓住萧予安，邪笑道："你知道我是谁吗？你撞了我，说说怎么赔吧？"

萧予安面无表情道："怎么赔？"

问完，他默默地给虞红袖打了个电话。

红袖姐姐做事干净利落，带着律师过来，花了十五分钟便谈妥了赔偿事宜。

萧予安懒得和他废话，转身就走，边走边想如果他今天再撞到人，他就……

就什么还没想好，萧总裁第五次撞到了人。

这次撞得狠，两个人直接重重地摔在了地上。萧予安的手肘和膝盖磕在大理石地板上，好半天没回过神来。

过来一会儿，萧总裁揉着摔疼的地方，慢慢地起身，发现那人还躺在地上，不知是"碰瓷"还是摔伤了。

萧总裁心想：我今天什么妖魔鬼怪没见过，这等套路就想骗我？

萧总裁半跪到那人面前，伸手拍着他的肩膀喊道："兄弟，地上不冷吗？你……晏哥？！"

市中心医院。

阳光明媚、春风和煦的下午，张白术例行巡查完病房。他收起病历表，将水笔盖上帽塞进白大褂胸前的口袋里，然后起身往神经外科的单人病房走去。

张白术推开病房门，一眼就看见萧予安坐在病床旁的椅子上，眼睛一眨不眨地望着病床上的男人，目光里全是担忧。

张白术上前拍拍萧予安的肩膀："放心，此人身体的各项指标都没有问题，我拿和你多年插科打诨的友情担保，他肯定没事。"

"没事为什么不醒？"

"要不你用用其他解咒的办法？"

萧予安："……"

张白术说："我这就去西药房给你拿点退烧的药，你在这里等等我。"

说完，他就真的走了。

萧予安望着病床上的人，那人的面容虽然是他熟悉的模样，却不见三千青丝；那人原本身着黑色西装、西裤，此时西装被脱下，身上只穿着白衬衣。

萧予安突然接到了虞红袖的电话："萧总，您要的那人的资料，我找到了。这人名叫晏河清，他父亲的公司先前面临破产，不得不非法借贷融资，结果无力偿还高利贷，举家逃到了国外，而他父亲的公司前不久刚被我们集团收购整顿，他好像是来应聘的。"

萧予安问："他没跟着家人一起去国外吗？"

"没有，听说之前被高利贷的人整得挺惨的。"

萧予安喃喃道："这难道要走还债的剧情？"

"还债？他好像孤身一人在国内把烂摊子都收拾好了，而且我们集团愿意收购这家公司，也帮了他不少忙。"

萧予安唏嘘不已，表示自己知道了，又和虞红袖用电话交流了半天工作。眼见日头西垂，晏河清还是没醒。

病房的门被轻轻地推开，林参苓探出半个脑袋："白术……咦，萧先生。"

萧予安笑着道："参苓，好久不见。"

"也没有好久不见吧，前不久不是才刚见过？"

萧予安笑而不语，张白术推门走进，见到林参苓就喊："老婆，你怎么来啦？"

林参苓说："我今天没有值班，就过来找你了。"

张白术的语气宠溺："护士长老婆大人辛苦啦！对了，我爸是不是也被邀请来医院会诊了？"

见林参苓点点头，张白术上前一拍萧予安的肩膀："走，一起吃个饭啊！难得人这么齐全！"

见萧予安看着床上，张白术一把将人从椅子上架起："别担心了，担心了也醒不过来，有护士呢，没事，吃个饭而已，早吃晚吃反正都是要吃的。参苓啊，你和萧予安先去接我爸，我回家把我妈接过来。"

萧予安一怔："你妈？"

张白术说："对啊，我妈。你那什么表情？为什么这么惊诧，你不是见过她吗？好了，不说了，我接人去了。"

萧予安和护士叮嘱了好几声如果晏河清醒了就立刻给他打电话，才和林参苓一起去接张长松。

萧予安一路上旁敲侧击，大概明白了是怎么一回事。张长松的妻子早年生了大病，好不容易救下来一条命，但是身体太虚弱不能生育，于是张长松夫妇就抱养了张白术，一家人再无坎坷地度过了数十年寒暑。

萧予安笑道："真好。"

一顿饭吃得其乐融融，张白术和萧予安时不时插科打诨，逗张母和林参苓开心。张长松依旧是暴脾气，对两个小崽子又爱又恨，没少吹胡子瞪眼，但是一转头面对妻子，又是一副温柔耐心的模样。

吃完饭，萧予安与张白术一家人告别，起身往医院而去。他刚走到医院门口，电话铃声突然响起，对方的声音里满是欣喜："喂？是萧先生吗？您的朋友醒了！"

萧予安挂了电话就往病房方向跑去，跑到病房前却被护士拦下："萧先生，您先别急，您的朋友好像有点不对劲。"

萧予安跑得气喘吁吁："不……不对劲？什么不对劲？他怎么了？"

护士惴惴不安地说："我们之前问他记不记得自己是谁，他说……他说……他说他是南燕国皇帝晏河清。"

萧予安走进病房的时候，晏河清正坐在病床上拿着那件西装翻看，眉头轻轻地蹙起，目光里全是困惑和不解。听见声响，他侧头看来。

萧予安拉了把椅子坐在病床边,问道："你记得自己是谁吗？"

晏河清看着萧予安，不太确定地说出自己的名字："晏河清。"

萧予安从未见过晏河清这般茫然不安的模样，又问："嗯，那你爸公司破产，拿你抵押借贷的事情，你还记得吗？"

萧总裁想了想，解释道："你父亲把你卖给我的公司了，明白了吗？"

晏河清的脸色微微一变，许久才慢慢地点头。

萧予安按响床头铃叫来护士小姐，询问了晏河清的身体状况，护士小姐表示除了说自己是皇上，晏河清的身体没有任何问题。

于是，萧总裁雷厉风行地给晏河清办好出院手续，又去病房喊晏河清回家。

晏河清正站在病房的窗户旁眺望远方，病房在高层，夜风微凉，拂过晏河清的发梢。远处是光怪陆离的霓虹灯光，直冲云霄的高楼大厦拔地而起。

"看什么呢？"萧予安轻声喊道。

晏河清转过身来，摇了摇头，一言不发。

萧予安怀着逗弄晏河清的心思，努力地摆着总裁的架子，说："把外套穿上，我们回去。"

晏河清点点头，伸手拿起病床上的西装外套。

两个人走出医院来到地下停车场，司机早已恭候多时。见萧予安走来，他迅速下车打开车门。

萧予安坐上车，发现晏河清站在车外一动不动。

他刚想问晏河清怎么了，突然明白过来什么。

他让司机将车里的灯全部打开，然后对晏河清说："别担心，我不会害你的。"

晏河清看着他，片刻之后坐上了车。

漆黑的小轿车平稳地开出医院，萧予安让司机按下车窗，微凉的晚风拂进车里，吹去闷热。

两个人刚回到家，赵管家就迎了上来。晏河清目光一闪，但是立刻平静下来。

见萧予安带了陌生人回来，专业素养极高的赵管家面不改色，没有询问这是谁，而是鞠躬道："萧先生，要准备客房吗？"

萧予安说："要。"

赵管家又说:"今天那张大床已经处理了,萧先生看看现在这张床是否满意,如果不满意,我这就让人换走。"

萧予安点点头,说了声"辛苦了",然后往客房走去。走了两步才发现晏河清没跟上,而是站在原地不动。萧予安也不客气,将他往客房的方向拉。

房间里,萧予安伸手打开灯,见房间中央摆着一张深灰色的大床。他边脱下西装外套边对晏河清说:"快,试试怎么样?看舒不舒服,以后你就要睡在这里了,有意见就说。"

晏河清看了看:"挺好。"

第二天,兢兢业业从未迟到早退的萧总裁十分难得地请了半天假。

他一觉醒来,已经日上三竿。

他懒懒散散地坐起,拿起手机处理了一些工作上的事情。

虞红袖打来电话:"萧总,今天下午的会议,你来吗?"

"嗯,那些资料我去公司看。好,知道了。"

说完,萧予安挂了电话。

洗漱过后,萧予安找了几件自己穿着比较宽松的衣服给晏河清:"晏哥,你先穿我的,晚上去给你买衣服。"

"嗯。"

中午时分,效率极高的赵管家送来适合晏河清穿的西装。

他穿上后,萧予安忍不住道:"走,吃饭去。"

这次出门,萧总裁没有喊司机,而是自己开车。

他带晏河清吃了顿中餐,又开车来到公司。

停好车后,萧予安笑道:"到了。"

前后不过十分钟,萧予安自己开车来公司的消息传遍了大大小小各个部门。

中午，萧予安给助理打电话："帮我买几本历史书，还有《孙子兵法》什么的。对，你没听错，《孙子兵法》。"

小助理花了十分钟买了一堆书，然后敲响萧予安办公室的门。萧予安笑着道谢，接过后选了几本递给晏河清："晏哥，我等下要去开会，你先看看这些解闷。"

萧予安又拿了一杯水和一盘水果摆在晏河清眼前，这才拿起桌上虞红袖整理好的资料前往会议室。

会议进行得十分顺利，提前半个小时结束。各部门经理正忐忑不安地等着萧予安提意见，哪知会议一结束，萧总起身就走，后续工作全由虞红袖负责。

小助理有工作要汇报，边报告边跟着萧予安回到办公室。见自家萧总走到办公室门前突然比了个噤声的手势，小助理在原地站得笔直，大气都不敢出。

萧予安轻轻地按下门把手，打开一点门缝，往办公室里看。

落日余晖从办公桌后透过落地窗斜斜地照进来，晏河清气势十足地坐在办公椅上，认真地翻看着手里的书。

萧予安拉过一旁的小助理，让他往办公室里面看，然后问："帅吗？"

小助理点点头，由衷地感慨："帅！"

萧予安说："你夸夸他。"

小助理心想这我擅长啊，草稿都不打张嘴就开始往外蹦词。

萧予安说："停，停，停，别夸了。"

小助理不明所以："啊？"

萧予安说："还有事吗？有事启奏，无事退朝。"

小助理有点抓狂："萧总，你的第二助理候选人都来公司报到了，你什么时候去面试？"

萧予安惊讶："第二助理？"

小助理彻底崩溃了，合着刚才自己说的话萧予安一个字都没听进去："对啊，萧总，我过段时间要请年假，而且你不是说助理不嫌多吗？"

萧予安说："那你帮我选一个，选得好没奖励，选得不好扣工资。"

小助理的肩膀一下子被剥削员工的萧总给压垮了。

萧予安笑道："逗你呢，好不好都发奖金，去吧。"

萧予安拍拍小助理的肩膀，听见"奖金"两个字的小助理双眼放光，雄赳赳、气昂昂地奔赴面试地点。

把人支走的萧予安长吁一口气，又看了一眼办公室。晏河清已经放下了手中的书，正拿着电子钟低头把玩着。落日熔金，晏河清动作自然地坐在办公椅上转了半圈，面朝落地窗背对门，眺望着远方的落霞和高楼大厦。

萧予安打开门，走到他身后。

晏河清闲了两天，把萧予安买给他的书全部看完了，萧予安琢磨着还是得找点事给他做。

萧予安思来想去，喊来公司的安保部门负责人。

聂二来到萧予安的办公室："萧总，您找我？"

"你……就是负责人？"

"是啊，萧总，您不是找我吗？"

"没事了，再见。"

于是安保部门负责人就这么被莫名其妙地喊来，又莫名其妙地走了。

萧予安苦恼地翻着集团旗下大大小小公司的资料，想找个清闲又不会被人说闲话的岗位,一个地方很快引起了他的注意。

萧予安抽出那份资料,仔仔细细地看了一遍,心花怒放地给虞红袖打电话:"红袖,我们集团旗下有一个马场吗?"

虞红袖说:"是的,一般不对外开放,只给您和您的朋友娱乐用。"

萧予安一锤定音,就它了!

第二日,晏河清去面试。

马场负责人是个自命不凡觉得自己走在时尚前沿的年轻人,见到晏河清后先是被他的颜值给震惊了一下,然后故作沉稳地跷着腿,抄着手端着架子说:"小哥,你知道我们这里不是一般的娱乐会所吧?来的都是有头有脸的大人物,得罪了任何一个,这以后可就没有好果子吃了。"

晏河清点点头。

负责人拍拍桌说:"知道就成,简历给我。"

晏河清说:"没有简历。"

负责人一愣:"没有简历,这么跩?那你是什么学历?双一流硕士?"

晏河清摇摇头。

"那工作经验呢?"

"没有。"

负责人直接被气笑,起身要走,走之前还不忘嘲讽一句:"谁给你的自信来我们这里面试的?"

晏河清说:"萧予安。"

负责人一听,一把握住他的手:"欢迎,欢迎!我们就需要你这样的人才!年薪二十万,你看行不行?"

萧总裁在办公室里看完一份与政府合作的项目计划书后,想到晏河清，打电话过去询问了一番。

负责人从未接到过总裁亲自打来的电话，吓得口齿不清，勉强才把事情说清楚："对，对，对，已经上岗了。好的，好的，明白，明白。"

挂完电话，负责人连忙打开办公室的空调准备请晏河清来喝茶，结果一问，都说晏河清在驯昨日新购的几匹马。负责人心里"咯噔"一下，昨日马场新购的马匹中有一匹阿哈尔捷金马，听说是半驯服状态，性子暴烈，晏河清根本没有任何证件和资料证明他的能力，万一出了什么事情可就完了，而且无论是马出事还是人出事，负责人都担不起责任！

"天哪！是谁让他去驯的？！"负责人咒骂一声，急匆匆地往调训场赶去。

负责人赶到调训场的时候，一眼就看到身上毫无护具的晏河清正拉着那匹阿哈尔捷金马的缰绳。负责人眼前一黑，差点两眼一翻就这么气晕过去。

晏河清倒是显得不慌不忙，站在马的左侧，放松着手上的缰绳，伸手安抚地拍着马的腹部和背部，顺便捋了捋它漂亮的鬃毛。马在晏河清跟前很温驯，低着头蹭他。见与它亲近得差不多了，他果断地翻身上马，口中一声"驾"，马儿就快步地奔跑了起来。

负责人看得一愣一愣的，几个负责外场的小姐姐见晏河清身姿帅气潇洒，都忍不住小声讨论。

而此时，在办公室的萧予安突然接到一通电话，屏幕上显示的是"陈歌"两字，他忍不住勾了勾嘴角。

他很早就看到自己的通信录里有陈歌的联系方式，于是打听了一下，万万没想到陈歌竟然是个"富二代"。

陈歌大学学的专业是心理学，毕业后不想进医院累死累活地工作，他家有钱也由着他，没想到他干了一件令人惊讶的事。

他开了一家婚恋咨询所。

上班三天放假五天。

陈歌的父母知道后，心情复杂，一边想这儿子怎么就养成这样了，一边觉得陈歌好歹不像其他富二代败家，于是也就一路支持。

哪知陈歌竟然还真做出了名气，在本市开了分店，可谓是无心插柳柳成荫。

萧予安接起电话，那头传来陈歌爽朗的声音："喂！萧总，你最近忙吗？好久不见，晚上有空聚聚吗？带你见几个朋友。"

萧予安笑道："什么朋友？"

"想通过我抱你大腿的朋友。"

"这么……耿直？"

"都什么年代了，含蓄能当饭吃啊，你见吗？不见我就推了，没事，就是我难做人一点。"

"聚聚吧，闲着也是闲着。"

"去你家开的那个马场行吗？好久没去了，有点想去。"

萧予安原本也打算去马场，自然没意见，答应下来："可以，不过我还有个会要开，你先带你朋友去吧。"

"果然，还是你忙。好，那一会儿见。"

萧予安挂了电话，又用座机喊自己的助理，结果小助理没来，来了一个新面孔，是一位长得白白净净、眉眼漂亮的小男生，看起来像大学刚毕业的模样，简历上却写着有三年的工作经验。

萧予安随和地笑问小男生叫什么名字，对方回答："陆仁嘉。"

萧予安点点头："小陆啊，等等我要和红袖一起去谈项目，客户的资料你准备好了吗？"

"准备好了。"陆仁嘉连忙拿来资料递给萧予安。

萧予安伸手接过，拿着客户资料翻看起来，顿时愣住了。

资料上显示对接人竟然是秦玉！

萧予安嘴角含笑，满脸感慨的表情，一抬头发现新来的小助理还没走，正有些拘束地站在一旁。

萧予安说："我这里没什么事了，你去帮我把红袖喊来，然后自己去忙吧。"

陆仁嘉点点头，起身走了。

萧予安带着虞红袖来到谈项目的地方。秦玉戴着金丝边框眼镜，显得极其斯文。双方都是聪明人，这次合作的项目又百利无一害，很快就谈妥了。

萧予安让司机先开车把虞红袖送回家，这才前往马场。

而此时马场这边出了些事情。

陈歌的朋友，细皮嫩肉的青年指着晏河清说："你，对，就是你，教我骑马。"

一群年轻人看热闹不嫌事大。

这人从小要风得风要雨得雨，此时也是自信满满："你的教练费用是多少？我出三倍。"

哪知晏河清看都没看他，牵着马转身就要走。

青年气得火冒三丈，拦住晏河清说："给你脸了？你们负责人呢？"

负责人还没来，陈歌先开口："这是萧总的地盘，你别闹，闹出事了，谁的脸上都不好看。"

青年说："萧总脾气好，我们都知道，就一个私教的事情，他不会说什么的。"

陈歌说："我带你们来是为了大家开心，见见萧总沾沾光，不是来闹事的。"

青年不服:"我也没闹啊,而且他本身就是马场的工作人员,教我一下怎么了?不是他的本职工作吗?你看他不但不教还对客户甩脸色,有这样的道理吗?"

陈歌也觉得晏河清有点过于冷漠了,一时间没想出反驳的话。

负责人这时已经小跑了过来:"哎,各位先生怎么了?出什么事情了?"

青年指着晏河清说:"这人不是你们这里的教练吗?"

晏河清头都没抬,仿佛置身事外,冷漠地摸着身旁马的鬃毛。

负责人心里"咯噔"一下,心想晏河清怎么才来第一天就惹事了,但负责人毕竟是负责人,对付这种富家公子哥的办法一套一套的,鞠着躬说:"先生,他不是教练,只是马场的工作人员,教不了你骑马,不好意思啊,我这就喊我们这里的教练来,你挨个挑,喜欢哪个选哪个!你看怎么样?"

那人笑了一下:"他不会骑马?没关系,那我教他。"

负责人一愣:"这……"

青年又说:"我要求也不多,聊聊天也行,算是交个朋友。"

负责人只得去和晏河清商量。

晏河清冷冷地说:"不聊。"

负责人想一枪毙了自己。

晏河清站得不远,说的话自然能被青年听见,青年气笑了:"行,不聊也行,你给我个理由。"

"要理由?我给你。"

忽然一个含着笑意的声音从远处飘来,一群人转头看去,只见萧予安从远处走来。

萧予安闲庭信步走近,对着一群小年轻笑道:"要理由是吧?我不让,这个理由,够吗?"

哪有人敢回答他，众人鸦雀无声，呆若木鸡。

青年张张嘴，似乎想说什么。萧予安没打算听，笑道："你们先玩，我跟他说说话，一会儿再来陪你们，失礼。"

说完，他也没等谁回答，便并肩和晏河清往无人的地方走去。走了一会儿，等身后的人都见不着影子后，他才问："受委屈了吗？"

晏河清摇摇头。

萧予安出着馊主意："我觉得应该去做些小挂牌，然后贴你身上，免得什么妖魔鬼怪都来招惹你。"

闻言，晏河清轻轻地勾起嘴角。

身后的马有些不耐烦，甩头摆尾撅蹄子。

那是一匹奥登堡马，以温顺出名，感受到萧予安，乖乖地用头蹭他。

萧予安有些惊喜，搂着马的脖子摸它的耳朵。

晏河清一言不发地看了一会儿。

两个人慢慢地往回走。

人群中已经见不到刚才那人的身影，陈歌说他有事先回去了，萧予安点点头没有追问。

一群人本来还都心有不安，但谁都有莽撞的时候，主要是晏河清没真受委屈，萧予安也就随和起来，笑脸相对。一群人精力旺盛，很快沉迷在骑马的刺激和愉悦中。

夜色苍茫，马场里亮起灯。慢慢地，有人玩累了，一个接一个地回来休息。马场里有提供饮品，但是他们商量了一下，打算喝奶茶。

萧予安作为东道主，自然说他来请，一群人便纷纷将自己想喝的报给陈歌，陈歌列了一份单子给萧予安。

萧予安一看，这些人点奶茶还分了好几家不同的店。萧予安选了一家自己喜欢的店问晏河清想喝什么，晏河清没吱声。他笑着摆手说没事，他来定。

晏河清点点头。

萧予安刚下完单就接到了店家的电话，他接起："什么？送不了？那我让我司机去拿。嗯，地址发给我。"

陈歌耳朵尖，听见后询问情况。

萧予安笑着摆手："没事，点太多了。"

陈歌看着一群人，了然地点点头，但是很快他就明白萧予安这个"太多"和他想的"太多"完全不是一回事。

司机是开萧予安的车将奶茶送过来的，然后喊马场的工作人员帮忙，一起拎了进来。

一群人目瞪口呆地看着司机将几十杯奶茶摆在萧予安面前，说："萧总，这边是无糖口味的，这些是三分甜的，那些是七分甜的，还有全糖的，每个品种都有，一共四十八杯，你点点。"

萧予安笑着道了声谢，给司机这个月的奖金翻了一倍，然后随手拿起一杯七分甜的奶霜递给晏河清："晏哥，你尝尝。"

萧予安喊来马场负责人："没开封的都拿去送给这里的工作人员，今天辛苦他们了。"

萧予安见陈歌呆愣愣地看着自己，笑道："怎么？你也想喝这家的？"

陈歌连忙摆手，恨不得退避三舍。

好不容易散了场，也算尽兴，一群人告别萧予安，各回各家。

萧予安第二日刚醒没多久，就接到了虞红袖的电话，还是坏消息。

"什么？上次谈的项目，那边反悔了？"萧予安蹙起眉。

虞红袖说："对。萧总，你是知道的，这种项目负责人都喜欢以年龄说事，您太年轻了，他们不看好你，打算把项目给别的公司。"

"可是上次秦玉……"

"他不负责这个项目了。"

以往，萧予安不会在意一个项目，毕竟他的集团不缺资源，但这次怎么说都有些不甘心，于是问道："第三方是谁？"

"黄越，黄总的公司。"

萧予安直接扑哧一声笑了出来。

真是冤家路窄啊！

虞红袖说："萧总，您还记得薛先生吗？"

萧予安一愣："薛严？"

"对，薛先生在这个项目上也说得上话，他知道这件事后，说愿意帮我们牵线，但是……需要应酬。"

萧予安叹了口气。

他知道，应酬这种事，谁喝趴谁就是赢。

虞红袖说："萧总，要不就把项目让给他们吧，我们不差这一个项目。"

萧予安说："不行。"

因为不缺资源，所以萧予安从不应酬，但这次他惦记着之前黄越骂晏河清的事情，怎么也不想让黄越顺心。

虞红袖又劝了两句，见劝不动，只得去安排。

饭局很快就安排妥当。

萧予安早上将晏河清送到马场，说："今晚我有事，我让司机来接你。"

晏河清"嗯"了一声。

萧予安开车来到公司，准备了一天晚上谈判的资料，临近傍晚和虞红袖一起去应酬。虞红袖是女人，他说什么也不肯让她喝，决定自己上阵。

是夜，晏河清独自在房间里翻着那本他已经看了三遍的书，电子钟发出模仿钟表的声音，指向了十一点钟，但萧予安还是没有回来。

晏河清皱着眉望了望漆黑的窗外，然后伸手揉揉眉心，继续从书的第一页开始看了起来。

而此时，萧予安正被虞红袖搀扶着上车。他的酒品很好，喝醉了不吐不喊不叫，就低着头安安静静地坐着。

方才在饭桌上，那几个项目负责人抓着萧予安灌酒。他脾气好，性子随和，来者不拒，被灌了一杯又一杯，所以饭局结束后，他早已喝得烂醉如泥。

虞红袖小心翼翼地将萧予安扶上车，叮嘱了两句，才目送司机离开。

司机一路四平八稳地开到萧予安家。

到家后，司机将他轻轻地放在床上。

晏河清问萧予安哪里不舒服以及想要什么。

萧予安茫然地看了他一会儿，醉意朦胧地问："你是……谁？"

晏河清微微愣怔。萧予安又问了一遍后，才自问自答："晏河清。"

萧予安很夸张地"哦"了一声："晏河清，我……我知道你！"

晏河清"嗯"了一声，听见他又大声说："你就是喜欢永宁公主的那个男主角晏河清！"

"你说什么？"

其实萧予安说完就已经稍稍清醒了一些，然而说出去的话如同泼出去的水。眼见晏河清脸色不对，在酒精的作用下，他深吸一口气，脱口而出："是我说错了。"

晏河清的脸色这才稍稍缓和了些，又听萧予安没有停顿地继续道："你的大老婆其实是萧平阳！"

晏河清："……"

"你还是林参苓的相公！"

晏河清："……"

番外二

众所周知，萧总裁谈得了民生扯得了八卦，唠得了家常打得了麻将，上能洽谈项目几个亿，下能于小摊砍价笑嘻嘻，人前西装革履谈笑风生，人后唱歌练嗓犯傻不停。

这么全能优秀的萧总裁……不会骑马。

虽然无法驾驭古代最基础的代步工具，但这件事对于萧予安来说，能算是事吗？

当然不能算！

然而没多久，萧予安发现一个现象。

南燕国逢秋喜欢举行狩猎活动，一来表示太平盛世，二来也是为了庆祝秋日丰收。

遇着这种活动，萧予安自然不愿坐马车，总是跑去骑马，找人护着慢慢走。

晏河清和他同行，两个人一路说说笑笑。萧予安一开始没察觉什么不对，直到不久前的一次小型狩猎，他正准备去骑马，陈歌突然拉弓搭箭，一箭穿云，射向队伍前方。

长风呼啸，利箭没入草丛，前方一只兔子猛地蹿出，仓皇无措地往森林深处跑去。

晏河清忽而打马上前，满弓如月，从容放箭。

长箭发出嗡鸣声，准确无误地刺穿猎物。

队伍中发出一阵欢呼和赞叹声，有侍卫前去捡猎物。

晏河清打马归来，衣袂带风。他轻轻勾着嘴角，眼底全是尽兴的愉悦。

萧予安突然发现一件事，和自己同行的时候，晏河清从来没有出手，他本以为晏河清对狩猎没太大的兴趣，但是现在看来根本不是这么一回事。

为了证实自己的猜测,萧予安去问了陈歌。

陈歌听完就号了起来:"您可算发现了!"

萧予安感觉自己的耳朵受到了伤害。

陈歌开始絮絮叨叨:"您是不知道皇上有多喜欢狩猎!皇上年少的时候,先帝每年秋天狩猎都会举办比赛,年年都是皇上夺得魁首,那些皇子和将军根本连根小拇指都比不上他!可是现在呢,皇上跟你同行,不能驭马、不能弯弓,也不知皇上是怎么忍住的。"

陈歌说完就觉得自己说错了话,连忙又道:"不过可能是皇上觉得和您聊天比狩猎更开心。"

"嗯——"

"您牙疼啊?"

萧予安摇了摇头:"我愧疚。"

"嗯——"

萧予安疑惑不已:"你也愧疚啊?"

陈歌摇了摇头:"不,我牙疼。"

眼看这个秋天最后一次狩猎的日子渐近,萧予安做出了一个重要的决定。

萧予安说:"晏哥,我不要再让人护着了。"

晏河清翻奏折的手一顿。

临近秋末,天气越发寒冷。萧予安窝在厚厚的被褥里,整个人裹成一团。他刚说完那句话,晏河清就放下奏折走到了床榻边。

萧予安继续说:"晏哥,你教我骑马吧。"

"骑马?为何突然想学骑马?"晏河清好奇地问。

萧予安笑嘻嘻地说:"你今天猎了一只兔子。"

晏河清目光一闪,猜到萧予安察觉出异样,开口解释:"只是时机刚好,所以干脆活动活动筋骨,没什么好值得欢喜的。"

萧予安脸上的笑意更明显:"晏哥,我还什么都没说呢。"

晏河清:"……"

萧予安由衷地赞叹道:"晏哥,你动作太酷了,所以,我也想学骑马!晏哥,你教教我呗!"

晏河清点点头:"好。"

末了,他又补充:"骑马不易学,容易受伤。"

"我知道,我会小心的。"萧予安笑着承诺。

之后几日,晏河清就算再忙也会抽出时间来教萧予安骑马。北面祭天坛山脚就有一片辽阔的草地,正合适。

萧予安学得认真,不过几日就掌握了基本技巧,能独自一人驾驭温驯的马匹。但他还觉得进度慢,晏河清忙于朝政的时候,就拉陈歌教自己。

陈歌不是晏河清,他直接让萧予安坐上马,然后一拍马屁股,大喊一声"驾",马就载着萧予安狂奔而去。

陈歌骑着马跟在他后面喊:"拉缰绳啊!你别慌啊!稳住啊!稳住!夹紧马腹,哎哟——又摔了,护具磨坏了吗?坏了换一个。"

萧予安灰头土脸地爬起来:"再来!"

虽然这么做莽撞又直接,但是不得不说真的非常有效果,当天练完,萧予安已经可以熟练地驾驭马匹了。

然而那晚出了件小事。

起因是晏河清偶然间看见了萧予安身上的伤。

不是一小道口子,而是一大片摔伤的青紫加上深深浅浅被砂砾磨红的痕迹，惨不忍睹。

晏河清当时脸就黑了。

萧予安总觉得陈歌第二天会小命不保，连忙好声好气地说自己今天学得很快，马上就要秋日狩猎了，所以想多学一点。

晏河清叹了口气，很是无奈。

秋天的最后一次狩猎转眼就到。

萧予安第一次没穿护具骑马，驾驭着马儿时快时慢，既激动又兴奋，还要了陈歌的弓箭玩。

晏河清命令侍卫跟着萧予安，自己佩剑背弓。一群终于能和皇上一起狩猎的将军都激动不已，暗自开始了较量。

一只母鹿十分倒霉地撞见了这群人，它仓惶无措地往森林深处跑，然而将军们驭马直追。一位将军见时机正好，将弓拉满，对准那母鹿。

就在他松手放箭的一刹那，晏河清忽而也拉满弓，利箭紧跟着呼啸破空。

眼见前一支利箭即将刺穿母鹿的肚子，晏河清射出的利箭将其撞偏，母鹿侥幸躲过，得以活命。

晏河清回头凉凉地看了那位将军一眼，那将军猛地意识到什么，连忙愧疚地低下头。

目睹全程的萧予安不明所以，问陈歌："怎么回事？"

陈歌说："那母鹿怀了崽，你看它的肚子。皇上很早就有规定，小的不打，怀的不打，带崽的不打，我们狩猎也是很有讲究的。"

萧予安恍然大悟。

晏河清也没有过分苛责那位将军，收回目光后打马离去。一群将军也各自驭马，去寻觅自己的猎物。

陈歌一副跃跃欲试的模样，正要追赶，见萧予安握紧缰绳慢悠悠地跟着，不禁奇怪平时最爱闹腾的人，这会儿怎么如此安静，难不成太阳打西边出来了？于是，他问道："您不去吗？"

萧予安摸着身下马儿的鬃毛，笑道："不去了，这次机会难得，还是让晏哥好好狩猎吧。"

半日的狩猎很快结束，陆陆续续有将军带着猎物凯旋，狩猎场气氛热闹，萧予安心想晏河清应当也要回了。

忽有一人驭马急急奔回，边跑边喊："皇上猎到了一只白额大老虎！"

人群一阵躁动，赞叹声还未歇，那人又慌张地喊道："皇上受伤了，快来人帮忙！"

晏河清孤身猎虎，当真是有十二分意气和无畏，怎么可能不受伤？虽说老虎倒在了弓箭和刀刃下，但是晏河清的右臂和腹部也被利爪划出了极深的口子。

一群将军议论纷纷，他们没想到皇上竟也有莽撞的时候，定是许久没狩猎憋得慌。

此时，太医殿中。

太医们替晏河清敷药包扎好伤口，纷纷长吁了一口气："万幸没伤及五脏六腑，不然就得从阎王爷手里抢人了。"

晏河清裸着上身，青丝散落，伤口缠着还渗血的白布，因为失血，脸色和唇色都十分苍白。他说："此事，不可让萧郡王知道，与他说我并无大碍。"

萧予安从太医身后冒出头，凉凉地说："我已经知道了……"

太医、侍卫、侍女纷纷告退。

向来是晏河清责怪萧予安不惜身子不惜命，如今是晏河清意气用事，位置颠倒让两个人都有些哑口无言。

晏河清知道这次是自己的错，率先开口："我没事。"

只是这三个字显得格外单薄。

闻言，萧予安扭头就走。

晏河清见状，连忙起身追出去。谁知添香传了话过来，说萧予安让他别带伤来找自己。

晏河清别无他法，只得卧榻养伤。

添香传完话回去，刚进寝宫就被萧予安拉着问东问西："晏哥的伤势如何了？太医说什么了？"

添香无奈，心直口快地说道："您呀，既然想知道，为什么还要和皇上置气呢？"

萧予安仰面倒在床榻上，把声音闷进被子里喊道："我哪是在和晏哥置气？我是在气自己啊！"

添香不解："啊？气自己？"

萧予安坐起身，单手撑着脸长长地叹了口气："我是在气自己之前莽撞，不惜命。"

"而且……"他郁闷地说，"而且就算是这样，我也不能保证自己以后不会再犯。江山易改，我本性难移啊……"

说完，萧予安苦恼地揉乱自己的头发，"啊"了一声重新将自己埋进被子里，一副试图把自己闷死的架势。

添香忍不住捂嘴笑了笑："明明气的是自己，却不愿理皇上，您这是叫闹别扭。"

萧总裁闹了三天的别扭，第四天，南燕国宫殿迎来了今年冬日的第一场雪。

天寒地冻，萧总裁半夜惊醒，当即决定不再别扭，随即翻身坐起。

萧予安的"夜袭"把守在寝宫门口的侍卫直接吓醒了。

"嘘——"萧予安比了个噤声的手势，刚要行礼的侍卫连忙安静下来。

萧予安摸着黑，悄无声息地走进寝宫，却发现内寝还有烛光。

这么晚了，晏河清竟然还没睡？

萧予安正疑惑，悄悄走近几步，忽然听见内寝里传来女子轻柔的声音："皇上，不要担心了，时辰不早了，还是歇息吧。"

萧予安撑头思考了一会儿，蹲在门口清清嗓子就开始幽幽地唱："雪花飘飘北风萧萧，天地一片苍茫……"

一句还没唱完，内寝的门被猛地打开。

萧予安抬起头，越过晏河清往内寝里看。

果不其然看见了添香。

萧予安站起身走进去，掐着添香的脸就开始揉。添香被他揉得话都说不清楚了："郡王，皇上担心，所以让我等你睡着了来禀报您今日的情况，别掐了。"

"就知道是你'叛变'了，去，去，去，回去睡觉，早点休息。"

添香迅速告退。

寝殿顿时陷入一片沉默之中，萧予安长呼出一口气。

他回头看了一眼摆在床榻旁矮桌上的奏折，一支短蜡火光幽暗，蜡油凝在烛台上。床榻上的被褥叠得整整齐齐，一看就知道晏河清一直在批阅奏折，没有好好养伤。

萧予安又长叹了一口气："你把奏折批完……等一下，先让我看看伤口。"

晏河清闻言解下上衣，右臂上的伤虽然还敷着药，但是他的恢复能力异于常人，已经结了一层薄痂。

晏河清敛眸说："没事，快好了。"末了又补充道，"不会有下次了。"

萧予安抬头，声音很轻："晏哥，我没生你的气，我在生我的气。"

"嗯？"

萧予安说："我之前总是莽撞，时常弄得自己一身伤，上次甚至想都没想，直接跳崖……"

他顿了顿，又道："我还总这样意气用事，想到这些，我就……就……觉得自己真是……"

他有点说不下去了，转而轻声问："伤口还疼吗？"

晏河清摇摇头："不疼了。"

"那就好，你早些休息吧。"

第二日清晨，下了一夜的雪终于停了。

晏河清醒来，来到萧予安的寝殿，刚想问萧予安有没有觉得身体不适，忽见他眨眨眼，然后突然起身。

萧予安小跑去开窗，然后又猛地冲回来，笑着对晏河清说："晏哥，你看窗外。"

窗外，烟霏霏，夜雪初霁，寒酥红梅压枝头。

天凝寒，作君寿，三千繁华春与秋。

番外三

李无定终究是一位弃国而去的叛徒,但是后人不会记得。

不但不记得,他们甚至会说:曾经有一位英明神武的大将军,不畏暴权弃暗投明,与一代明君晏河清一起共建繁华盛世。

就像他们不会记得,残破的北国,曾经有一群将士,将国家当作信仰扛在肩上,以铁骨血躯报效君王。

这就是历史。

这就是后人撰写的记忆。

在晏河清统一四国建都于北国后,李无定也跟着一起定居在北国。安定下来后,他所做的第一个决定,就是买下宫城里一座荒废已久的宅子。

那座宅子原是谢家府邸,当年北国破国时,谢家全家与国共存亡,集体自缢在宅子里。大家都觉得宅子怨气太重,已荒废多年,没人敢要。

李无定买下后,让人厚葬了谢家全家,就埋在府邸地下,然后请人修缮府邸。

而他这一生,没有踏入那座宅子半步。

李无定是鼎鼎大名的开国将军,手握天下一半兵权,可是这位将军,终身没有娶妻。

无妻自然无后,无后自然门庭寂寞。

所以,当他四十五岁染上重病,不得不卧病在床时,身旁连个至亲都没有。

但这并不代表他病榻前冷清,他终究是大将军,他有兄弟、朋友,府邸每天都热热闹闹的,关心他的人不计其数。

可最后病魔还是带走了这位传奇将军的命。

李无定弥留之际,有史官决定为这位将军立传。

他要让后人知道,这位将军是如何将这污浊世间变成朗朗乾坤的。

李无定听说后,派人将史官请到府邸,请他在自己的传记里加上一个人。

史官说:"当然没问题,只是不知将军想写谁?"

李无定盯着虚空,静默半晌,说:"谢淳归。"

史官不解:"这位是?"

这位是残败北国最后的傲骨脊梁,是一群将士的血泪和挣扎。

后人不会记得。

历史不会记得。

但是有人会替他们记得。

番外四

寒露惊鸿雁，落雪纷纷。

今年的寒冬似乎比以往来得都早些。

东方欲晓，晏河清早起上朝时，六出飞花入窗棂，大地落了一片惹眼的白。

侍从见状，连忙说："皇上，昨晚突然落雪，今天很冷，小人这就去拿大氅。"

晏河清见时辰不早，担心早朝会迟到，说了一句"无妨"，便起身出了寝宫。

青竹变琼枝，脚踩吱呀，冷风阵阵，晏河清感到寒意刺骨。只穿朝服果真还是太单薄，不过他是个不愿将情绪流露在脸上的人，所以身边的侍从和奴婢没一个看出他冷了。

上朝后，晏河清心无旁骛地投身于朝政，一时间也忘了这件事。等下了朝，他才察觉手脚冰凉。

好在侍从拿来大氅给他披上，这才稍稍暖和了一些。

晏河清来到萧予安的寝宫，发现他已经起来了。

因为没有出寝殿，所以萧予安青丝散落，没有束起。他怕冷，裹着厚厚的裘袄，坐在外室的朱漆金雕罗汉榻上，一只手撑着头，看着手上的书信。

添香正在一旁拨火炉里的炭，想让它烧旺一些，左手抱着一只喜鹊绕梅八角手炉。

那手炉做工精致，不是宫女可以用的，一看就是萧予安塞给她的。

添香拨了两下，被火炉里卷起的炭灰呛了一下。萧予安见了，端了茶给她，让她去一旁休息，接过火钳开始自己拨火炉里的炭。

萧予安拨了一会儿,见火炉里的炭烧旺了,顿时得意地拍拍手,一脸"不愧是我"的神情。他一转身,就看见了下朝回寝宫的晏河清。

他喜笑颜开,喊道:"晏哥,你回来啦。"

晏河清点点头。

萧予安几步上前,将他往火炉边扯:"今天也太冷了,不知怎么突然降温了。快,你来这儿暖和暖和。"

添香掩唇笑了笑,对着晏河清和萧予安行了礼。她将手炉放回萧予安怀里,被他推了回来:"你拿着用吧。"

添香道了谢,低头退出寝宫。

晏河清将目光落在萧予安手中的书信上。萧予安见了,挥挥手上的信,笑着说:"今早添香送来的,应当是白术写的。说我干儿子拈周试晬的时候,抓了药壶,估计以后也是个小大夫,还说师父、柳安、风月还有三姨一切都安好。"

晏河清听着萧予安的絮絮叨叨,轻轻地"嗯"了一声。

桃源村的人并不知道萧予安出过事,萧予安经常和他们通信。

萧予安小心翼翼,极其爱惜地将信收进木盒里,然后感慨地叹了一声,对晏河清说:"鸿雁他方,鱼书故乡,想来这书信应当是秋初写的,如今都到落雪的日子了。"

晏河清看出他的怅然,安抚道:"你若想,可以去看看他们。"

萧予安摸摸下巴:"嗯,也是,不过见到我这副模样,他们一定会吓一跳吧,也不知道易容这个说辞骗不骗得过师父,万一师父……"

晏河清轻声道:"你就是你,他们熟知的也是你,无须骗。"

萧予安笑了起来:"嗯,也是!哎呀,晏哥,你怎么待在火炉边这么久了,身上还带着寒气?你出门难道只穿了朝服?不觉得冷吗？"

　　晏河清其实一直觉得冷意窝在胸口迟迟没有散去，但还是说道："不觉冷。"

　　萧予安说："我不要你觉得，我要我觉得，我说你冷，你肯定冷。"

　　晏河清："……"

　　萧予安心想：算了，就他晏哥这身体素质，和生病根本八竿子打不到一块去。

　　然后第二天晏河清就病了。

　　而且还病得不轻，病情来势汹汹，他发着高烧躺在床榻上，整个人意识混沌。

　　晏河清从未生过大病，如此一遭，当真把所有人都惊得不行。

　　一时间，寝宫里挤满了太医，七嘴八舌地聒噪了好一阵，最后才得出结论。

　　一位颇有名望的老太医对萧予安作揖，然后道："经小人们推断，皇上这是风邪外感，营卫不和。"

　　萧予安说："风寒感冒。"

　　老太医又接着说："发热恶寒，有汗不解，口渴不欲饮，舌苔薄而白。"

　　萧予安点点头："哦，这个我懂，体温中枢功能紊乱了。"

　　老太医："……"

　　老太医心想：他不知道萧郡王在说什么，但他也不敢问啊！

　　于是，他干脆不再多说，匆匆与太医们一起去药堂抓药。

　　几碗汤药灌下去，晏河清出了些薄汗，舒坦许多，至少睡得安稳了些。萧予安替他批阅了些奏折，眼见天色不早，便让人搬了张躺椅放在床榻边。

添香劝萧予安把这里交给太医和奴婢，让他好好歇息，可他不肯。

添香劝不动，其他人更是想都别想。

太医有些愁。

咋办啊？

皇上本来就烧得稀里糊涂的，等下萧郡王一个没留神，没照顾好，皇上给烧傻了可咋办啊。

萧予安看出了老太医的忧愁，在他耳边幽幽地说："被你看出我想篡位啦？你知道得太多了。"

老太医："……"

他明天就去乞骸骨！

明月皎皎，星汉西流。

是夜，服侍完晏河清喝下睡前最后一碗苦涩的汤药，寝殿里的闲杂人等陆续告退。

最后只剩添香一人，添香替萧予安给躺椅铺好被褥，拨旺火炉里的炭，一抬头，见他正坐在床榻旁。

"郡王。"添香小声唤了一下。

萧予安抬头看她，然后轻吁一口气，笑道："方才一碗热汤药灌下去，晏哥总算出了点薄汗，出汗了病就会好了。"

添香安抚道："郡王，您别太担心了，皇上会好起来的。"

萧予安点点头："你快去歇息吧，这边我守着就行。"

添香点点头，福身告退。

萧予安弄湿巾帕，敷在晏河清的额头上。

他站在床榻边守了一会儿，又给晏河清换了一次巾帕后，觉得有些困，于是往躺椅上坐下。

在他细心的照料下，晏河清的病情没有继续加重，烧慢慢地退了下去。

萧予安放心不少，一闭眼便沉沉地睡了过去。

结果没睡多久，他就被惊醒了。

晏河清似乎做了噩梦，牙关紧咬，浑身紧绷，双手攥拳。

萧予安从未见过晏河清如此失态，吓得差点跌下躺椅。他连忙起身，走到床榻前，喊道："晏哥，你醒醒。"

东方破晓，天边渐明，在萧予安的声声呼唤下，晏河清慢慢地睁开了眼睛。

都说生病的人，连感情都会变得脆弱起来。

晏河清的双眼血红，也不知是昨日发烧烧成这样的，还是方才因为噩梦吓成这样的。

萧予安轻吁一口气，说："你可算醒了，还好吗？"

晏河清没应声。

萧予安问："晏哥，你是不是做噩梦了？"

晏河清极轻地点了点头。

折腾一晚，萧予安困得不行，也顾不上其他，躺在躺椅上，闭上了眼睛。

第二日，晏河清的病好了大半，虽然还在咳嗽，但已经不发烧了。清早，萧予安替晏河清去宣政殿会见群臣，御膳房送来清粥小菜。晏河清因病食欲不振，胃口极差，喝了两口就命人撤了。

一旁的太医欲言又止，最后斗胆劝道："皇上，还是得多吃点，不填饱肚子，病难好啊……"

晏河清轻轻地蹙眉，说："我自有分寸。"

太医不敢再犯颜进谏，唯唯诺诺地应了。

这事没过多久就传到了萧予安的耳朵里。

萧予安刚下朝,添香就跑过来告状,说皇上不爱惜自己的身体,不吃东西,然后又道:"郡王,要不你给皇上做些点心吧。"

萧予安心中一动,忽而又愁眉苦脸起来。

添香问:"郡王,您怎么啦?"

萧予安苦哈哈地说:"可我做的饭非常难吃,能毒死人的那种。"

"做饭难吃不代表做点心不行呀。"

"我也不会做点心。"

"我会!我教您!"

萧予安一挥手,和添香一起往御膳房走去:"走,走,走,我就不信我大总裁,上得厅堂会下不得厨房?!"

然后萧予安用他的实力、他的天赋证明了——他真下不得厨房。

在弄得满头满脸都是白面粉和鸡蛋清后,萧予安一把火将御膳房的蒸笼烧了。

御膳房里一群奴仆慌慌张张地浇水灭火,萧予安被护在后面,扒拉着人,不死心地喊着:"我做的糖糕还在里头呢,别把水泼进去了!"

添香目瞪口呆地看着冒火的蒸笼,心想:糖糕?我方才手把手教你做兔子形状的面团,结果你放了个窝窝头进去!绝了!

火好不容易被浇灭,蒸笼里的糕点自然也没法吃了,萧予安长吁短叹。

添香看着蒸笼里黑乎乎、软趴趴、湿漉漉的窝窝头,心想:这是惊吓啊。

惊吓归惊吓,添香还是不忍心看萧予安丧气,安抚他:"郡王,您别灰心啊,我们明儿再来,熟能生巧,定能做好糖糕。"

萧予安点点头，自信地握拳："嗯！你说得对。"

御膳房管事的庖长顿时脸色煞白。

——添香姑娘，你要杀我你直说！不用这么拐弯抹角！

萧予安清洗干净脸上的蛋清和面粉，又换了身干净的衣裳，便往寝殿走去。他大半天都耗在御膳房里，回到寝殿时，已是月朗星稀之时。

萧予安在寝殿门口徘徊了许久。

如今晏河清大病未愈，头昏脑涨地躺在床榻上，他早就应该过来看看，结果为了做糖糕，在御膳房消磨了大半天。

萧予安不愿将自己学做点心的事情告诉晏河清，这样的话，若晏河清问起来，他应该扯个什么谎呢？

"要不……"萧予安自言自语地嘟囔，"说陈歌因军中之事与我探讨许久？"

此时此刻，军营里的陈歌突然打了个大大的喷嚏，旁边的一名小卒听见，转头惊呼："陈将军，太岁当头坐，无喜恐有祸！"

陈歌边揉搓鼻子，边一巴掌拍向小卒："神神道道的，说啥玩意儿呢？"

萧予安几番思量，还是放弃了拉陈歌下水。军营的事情，晏河清比他清楚多了，一不留神就会被发现在说谎，还不如不说，只能祈祷晏河清不问自己一天去哪里了。

萧予安定定神，装作若无其事的模样走进寝殿。内室烛光明亮，晏河清靠在床榻上，竟然在看奏折。

晏河清看得极其认真，根本没注意萧予安走了进来。

萧予安轻咳一声，他这才抬起头。

萧予安讪讪地说："晏哥，生病就好好休息，别看了。"

晏河清轻轻地说道："嗯。"

"你……你喝热水不？我给你端。"萧予安没话找话。

晏河清点点头："嗯，喝。"

萧予安起身去端热水，晏河清掩上手中的奏折，发现自己拿反了。他极其冷静地将奏折摆正放到一旁，抬头见萧予安端水走了过来。

晏河清接过水轻抿了两口后，欲言又止。

萧予安先他一步道："晏哥，夜深了，你还生着病，早些休息吧？"

晏河清一顿，点了点头，没再吱声。

萧予安放松下来。

晏河清没有问！

那等他明天把点心做出来，再好好地解释。

结果第二天，萧予安闹得御膳房鸡飞狗跳，也没把糕点做出来。

第三天，没做出来。

第四天，还是没做出来。

第五天，御膳房的庖长号啕大哭，一群厨役好心劝他萧郡王就来这么几日，要看开些。

都五日了，晏河清的病都好得差不多了，再过一天都可以上朝处理政事了。身为一个有自尊心的霸总，丢人的事自然不想被太多人知道，所以萧予安打算隐藏自己这段惨痛的失败经历，并且为了庖长脆弱的内心，决心以后远离御膳房。

这日就寝前，萧予安正准备往外走。

晏河清盯着萧予安，突然问："这些日子，你在忙何事？"

"嗯……"

晏河清果真还是问了，萧予安的眼神四处乱飘，犹豫了许久，才道:"军……营……"

"嗯?"

"陈歌……"

"嗯?!"

"算了。"萧予安放弃了,自暴自弃地将自己做了五天糖糕的事和晏河清说了。

"我这五天没怎么搭理你,就是因为这么一回事。"萧予安总结道。

晏河清想了想,问:"一块都没做出来吗?"

萧予安一挥手,叹了一声,说:"我也没那么笨,做是做出了一些,不过可难吃了。"

晏河清问:"在哪里?"

萧予安一脸不在意,说:"御膳房吧,谁知道他们有没有丢。"

晏河清转身朝外走去。

萧予安"哎"了几声:"晏哥,大晚上的,你去哪里啊?"

"拿你做的糖糕。"

萧予安瞪大双眼:"你……你……你……那点心我没做好,说不定已经被丢了,去了也是白费工夫。"

晏河清坚持:"无妨,去看看。"

萧予安见晏河清一副不去不罢休的模样,知道自己肯定劝不动他了,只得道:"行,行,行,风寒夜凉,你大病初愈,就别出门了,好好待着,我去御膳房看看。"

说着,萧予安将晏河清推回去,也不顾他想说什么,小跑出寝宫往御膳房而去。

御膳房的庖长感觉自己最近命犯天煞星,顶着黑眼圈一直失眠,好不容易睡了一会儿,突然被厨役推醒。

庖长正迷糊着呢,听见厨役在他耳边幽幽地说:"你醒啦,萧郡王又来啦。"

庖长顿时翻了一个白眼,一口气差点没喘过来。

厨役连忙掐他人中,好歹把人掐醒了。

惊吓归惊吓,萧郡王驾临他们还是不敢怠慢的,一时间御膳房灯火通明,倒是把萧予安弄得有点不好意思起来。

大晚上的还这么麻烦人。

庖长问安后,小心翼翼地问萧予安半夜突然造访是有何事。

萧予安支支吾吾了一会儿,问:"我之前做的糖糕丢了吗?"

庖长心想哪敢丢啊!于是连忙摆手:"当然没丢!在那好好地供着呢!"

萧予安登时心情复杂,这下子没借口了,难不成真的要在晏河清面前露丑?

庖长也算个人精,见萧予安问了,连忙让人将萧予安这几日做的糕点拿来。

萧予安拿了个食盒,从一堆惨不忍睹的点心里,挑了几个勉强能看的,然后捻起一块塞入口中,刚嚼一下,整张脸立刻皱了起来:"呸,呸,呸,这也太难吃了吧!一点甜味都没有,我忘记放糖了吗?我的天。"

这糟心玩意儿,他怎么好意思拿给晏河清啊!

萧予安拇指和食指抵着下巴,思索半晌,问庖长:"添香之前为了教我做的那些糖糕还在吗?"

"在,也还在!"庖长连忙道,然后让人将添香做的点心端来。

萧予安尝了一块,满意地点点头。

嗯!这才叫糖糕!

得,狸猫换太子!

萧予安怕露馅，特意挑了些模样不算太好看的，拿食盒装走。回了寝殿，他邀功似的将糕点摆在晏河清面前。

晏河清细细打量了食盒里的糖糕一番，然后拿起一块，咬下一口，顿了顿，没有继续吃。他抬起头，问萧予安："这些是你做的？"

"是……是……是啊。"萧予安眼神飘忽，结结巴巴地说。

晏河清将糕点放回食盒里，问："你做的糖糕在哪里？"

萧予安将食盒朝他推了推："这就是我做的啊。"

晏河清不说话，静静地看着萧予安。

萧予安被他看了一会儿，终是气馁，说："我做的糖糕真的不好吃，晏哥，你何必吃苦呢？"

晏河清没多说，命人去御膳房将萧予安做的糖糕取来。

折腾一番，那些模样奇怪、口味极差的糖糕还是被摆在了晏河清面前。

晏河清拿起一块，喂入口中，极认真地嚼了起来。

萧予安破罐子破摔地在他身旁叨叨："难吃吧！是不是特别难吃？一点甜味都没有。"

晏河清咽下糕点，说："我不喜欢吃甜的。"

萧予安顿时哭笑不得："这可是糖糕啊！不甜怎么吃！"

晏河清又拿起一块点心，认真地重复了一遍自己不喜欢吃甜的后，将糖糕塞进口中。

第二日清晨，萧予安醒来时，已接近晌午。

添香见他醒了，端来清粥给萧予安当早膳。

萧予安伸了伸懒腰，正要掀被走下床榻，忽而发现有一份奏折。

萧予安翻开奏折,心想：如果是重要之事,就给晏河清送过去。

只见奏折上写着：郾城有灾,遍地涌沙泉,开缝裂沟壑,千屋倾倒,万人受伤,急需京城调拨粮食和药材。

"啊……地震吗？郾城……"萧予安摸摸下巴。

这个地名好耳熟。

好像……

好像是桃源村的隔壁啊！

萧予安正思索着,忽然听见一旁的添香小声地提醒他："皇上回来了。"

他抬头看去,见晏河清边解下大氅边走来,肩上还落着点点凉雪,看来一路脚步匆匆,都未来得及掸去。

添香接过晏河清手中的大氅,然后福身告退。

萧予安笑道："晏哥,你今天回来得好早。"

"对了,晏哥,我刚看到了这个。"萧予安拿起奏折,"你决定让谁去送粮食和药材？"

晏河清点点头："陈歌。"

萧予安又问："何时出发？"

晏河清说："今日晌午。"

"啊……"萧予安微微愣怔,"这么赶？"

"救灾刻不容缓,怎么了？"晏河清看出萧予安有心事,询问道。

"我……"萧予安犹豫片刻,还是道,"我想一起去。"

晏河清顿了顿,目光落在奏折上,马上就明白了萧予安的意思。

桃源村就在郾城附近,萧予安想回桃源村看看。

晏河清拿过萧予安手中的奏折,然后淡淡地开口："你还记得前不久刚定下的科举制度吗？"

萧予安心想：他当然记得，这还是他提出的呢。

之前南燕国是九品中正制，官位大多世袭，出现了很多好吃懒做、不为民办事的昏官，弄得晏河清十分头疼。萧予安便提议改成科举制度，让寒门子弟也能一登龙门。

见萧予安点了点头，晏河清继续道："科举制度侵犯了一些高官子弟的利益，我不能这个时候离开京城，所以我不能跟你一起去桃源村。"

"啊……我明白，我理解……"萧予安弯眸笑道。

晏河清轻声说："一去就是数月，你要照顾好自己。路途遥远，行路颠簸，不可弄伤自己。"

知道自己能去桃源村，萧予安早已欢欣雀跃，晏河清说什么答应什么："放心，绝对不会！"

"嗯。"晏河清点点头，"我传个手谕给陈歌。"

半个时辰后，陈歌接到手谕，身旁的小卒问及何事，陈歌说此去郾城救灾，要与萧郡王同行。

小将士顿时哀号起来："完了，陈将军，这是你命中一劫啊，万一萧郡王出了什么问题，回来后皇上得剜了你！"

救灾不可怠慢，时间紧迫，一队人马披星戴月地奔波数日，终于赶到了郾城。

地震比想象中要严重得多，沿途能看到不少坍塌的房屋，一片残垣断壁，仿佛人间地狱。

萧予安本还满怀回桃源村的欣喜，此时见郾城这副光景，便将探亲的念头抛之脑后，束起头发、挽着袖子和将士们一起在郾城开设粥棚，给人治伤看病。

陈歌不敢让萧予安干活,处处拦着。

萧予安一开始还耐着性子说:"我来都来了,总不能当个吃白饭的废物吧?"

结果陈歌还是磨磨蹭蹭的,萧予安直接按着他的脑袋拿手刀劈了他一顿。

将士们永远忘不了那天。

萧郡王挽着袖子,提着棍子,满面春风,说出的话却令人咬牙:"再拦试试?"

粥棚在众人的齐心协力之下,半天就搭好了,萧予安把将士们分成两队,一队在粥棚负责安顿伤者,一队去帮百姓清理废墟。

萧予安留在粥棚里,给将士们背回来的伤者敷药治伤。一位衣衫褴褛的老人抹着眼泪,哭着说:"还好你们来了,另一处救治点的药材快用完了,如果你们没来,都熬不过去啊。"

"另一处?"萧予安疑惑道。

老人说:"是啊,鄘城出事的几天后,隔壁桃源村来了两名姓张的大夫,都是大善人啊,救人治伤,一文钱没要。"

萧予安眼睛一亮,问:"他们现在在何处?"

"城郊有座塌了一半的道观,他们就在那里!"

萧予安寻了个空闲时间,往老人所说的城郊跑去。他老远就看见道观外有几根入地竹竿,竹竿上晾晒着纱布,竹竿旁还有放着三个大簸箕,簸箕上摆着许多沾着泥土的草药。

道观被改成临时医馆,角落堆满草药和瓶瓶罐罐,几名伤者躺在铺好的厚棉被上。道观中有一位老人,那老人正弯着腰,给一名腿在流血的伤者治疗。

斜阳从残破的墙壁缝隙里透进,老人头发花白,背有些佝偻,拿着药罐的手遍布青筋，微微发颤。他捋着花白的胡子，忽而高声："张白术！帮我把门口的纱布拿进来，臭小子！快点！"

萧予安环顾四周，发现张白术并不在，不知去哪里了。他不敢怠慢，连忙去拿了纱布递给张长松。

张长松接过纱布，正要让张白术搭把手，抬眼看见萧予安，愣了愣。

萧予安知张长松不认识自己这副模样，一下子也不知怎么开口，两个人相顾无言。

案桌上的伤者忽然呻吟，随后无意识地蹬腿。他一挣扎，被刺穿的大腿又开始流血，若不赶紧止血，生命垂危。

张长松不敢愣神，连忙对萧予安说："这位公子，麻烦你帮我按住他，伤口也压着！"

"好。"萧予安点点头，连忙照做。

好一番折腾，伤者总算安静下来，腿上的伤也被包扎好不再流血。萧予安和张长松各自长吁一口气。

案桌旁边放了一盆清水，张长松将沾了血污的手洗净，又唤萧予安来洗手。

萧予安应了一声，上前将双手浸入清水中，开始思索起如何开口。

哎，相逢不相识。

萧予安还在感慨，张长松缓缓地开口："请问这位公子，你认识萧予安吗？"

师父的声音很轻，落在萧予安耳中却犹如惊雷滚滚。他震惊地抬起头，看向张长松。

好似有什么堵住了萧予安的喉咙，几下吞咽，落在心里，激起千层浪。他忽而喊道："师父。"

239

张长松先是一愣，然后犹犹豫豫地问："萧予安？"

萧予安顿时激动得不行，胡乱地擦净手，语无伦次地说："是我啊，师父！你……你是怎么认出我的啊？！"

张长松嘴上骂着人，眼中却有重逢后喜悦的泪光，他说："哼！臭小子！你刚才压伤口止血的方法是我教的！我就教了你和张白术两个人！怎么会认不出？倒是你……是易容了？怎么……怎么变成这副模样了？"

萧予安说："咯咯——师父，这还真的是一言难尽啊。"

张长松没有追问，捋着花白的胡子沉默半晌，突然伸手安抚似的拍拍萧予安："你受苦了。"

萧予安愣在原地。

从来没有人和他说过这四个字。

忽然间，难以言喻的情绪攥住了他的心。他其实也没觉得受了苦，不过是想找人说说。

萧予安狠狠地揉了两下眼睛，然后抬头笑道："师父，你说什么呢，什么受苦不受苦的？都是自己的选择，该受着。"

张长松微微叹气，再次拍了拍萧予安的肩膀，问："都还好吗？"

萧予安又伸手揉了一下眼睛，垂着脑袋点点头。

"那就好。"张长松长呼一口气。

忽而，外头传来嚷嚷的声音："爹！我和你说，我刚发现西行数十里的山上有田七，我们去挖些来，就不愁没药了。"

张白术边喊着边走进道观，一眼看见萧予安和张长松两人含泪，不由得一愣："咦，这位公子是？"

一见张白术，萧予安顿时就乐了："我是你儿子的干爹啊！"

"啥？啥玩意儿？"

萧予安说:"还认不出?"

接着,他把张白术儿子的乳名、生辰八字全部说了出来,那是张白术亲自写信告诉他的。

"哟!你到底是谁?!"

"都说了我是你儿子的干爹!"

张白术反应过来了:"你是萧予安?!"

"没错,我就是!"

张长松吼他们:"道观里都是需要静养的伤患,要嚷出去嚷。"说着一人一脚把两个人踹出了道观。

张白术和萧予安被踹出道观,稳住身形,然后对视一眼,忽然大笑起来。

少年意气,恍若从前。

张白术一只手揽住萧予安的脖子,一只手使坏地揉乱他的头发:"你真是萧予安啊!你怎么变成这副模样了?"

萧予安不甘示弱地反扭住他:"你猜啊,猜对了我就告诉你。"

两个人闹了一阵,又听见张长松在里头喊:"闹什么呢?!都给我滚回来照看病人!"

闻言,他们连忙松开对方,一同走进道观,帮张长松照看伤者。

郾城救灾数日,虽然还未恢复往日的宁静,但人们已经重新拾起了希望。

张长松和张白术也打算回桃源村了。

萧予安决心和他们一起回去,陈歌和将士们则留下继续救灾,萧予安和陈歌约好半个月后桃源村碰面。

张长松和张白术走的那天,郾城被他们救治过的百姓相送十里。

夕阳落下，一路念着恩情不知如何才能报答。

最后还是张长松拱着手，几番劝阻，这才有了分别。

张白术感慨地说："这辈子都没觉得这么开心过。"

萧予安笑着抬杠："娶参苓那天开心还是今天开心？"

"你这人！行吧！娶我家娘子那天更开心，除了那天！"

萧予安又问："孩子出生那天开心还是今天开心？"

张白术撸袖子："别说了，打一架吧，萧予安。"

张长松猛咳一声，两个人顿时安静下来。

张长松看了二人一眼，捋了捋花白的胡子，道："赶紧回家吧。"

两个人异口同声地应道："嗯！"

鹤语松上月，花明桃源村。

桃源村是个神奇的地方，隔壁郾城大震大灾，小震数次，偏偏临近的桃源村一点都没受影响。

张长松和张白术出去行善救灾的这些日子，林参苓负责照看医馆。

三姨担忧她一个姑娘家忙不过来，便把林参苓和张白术的儿子接回家住。

小家伙穿着红肚兜，扎个冲天辫，既机灵，嘴又甜，娘亲、三姨、杨哥哥、晓哥哥叫个不停。

三岁半的年纪，对什么都很好奇。头一日见晓风月算账，便赖他身上玩算盘，谁拉也不走。第二日就拽着杨柳安，抱着他的腿，非要往他肩膀上爬。

而且一放地上就到处乱跑，三姨看都看不住。

这日，林参苓去医馆，小家伙由三姨照看，结果趁她午间小憩，偷偷往门外溜。

小短腿刚迈出府邸门,忽然被人一把抱了起来。

"你是谁啊!"小家伙嗓门极大,拽着那人的耳朵说。

那人笑意盈盈,说:"如果我没猜错,你应该就是我的干儿子。来,叫干爹。"

小家伙道:"我爹说了,我干爹叫萧予安,你是萧予安吗?"

萧予安笑问:"你爹总和你念叨我吗?"

小家伙说:"是啊!"

萧予安掐了掐小家伙肉嘟嘟的脸:"是我回来得太迟了,来,来,来,干爹给你带了礼物。"

说着萧予安从怀里掏出一只嵌玉金锁,伸手给小家伙戴上。

金锁没什么问题,关键是那金锁有两个拳头那么大,直接坠得小家伙走路摇摇晃晃的,一步三趔趄,脑袋都抬不起来了。

小家伙心想:这人不让自己出去玩,还给自己戴了一个这么重的东西,一定是个坏人,于是哇的一声哭出来,差点把萧予安震聋了。

杨柳安原本在院里打扫,听见小家伙的哭声,连忙跑出来,见一陌生人抱着小家伙,刚要质问,却见那人笑着道:"啊!柳安,是我,萧予安啊!"

前尘隔山岳,世事两茫茫。

如今正是好风景,落花又逢君啊。

杨柳安和晓风月之前因和萧予安传过书信,所以知晓他说自己易容的事,很快便接受了这个样貌不同的萧予安。

倒是三姨,怎么都反应不过来,直到萧予安在她身边来回转,笑嘻嘻地说:"三姨,我要吃红烧肉、烧花鸡和卤水鸭。"

三姨这才肯定地说:"对,对,对,是予安!这京城真是无奇不有啊,去趟京城竟还能换副样貌。"

除了杨柳安和晓风月,其他人都只知道萧予安去了京城,并不知皇权、宫廷之事。

三姨感慨完,拿巾帕擦擦眼睛,埋怨了两句:"死孩子,总算知道回来看三姨了!晚上三姨给你做好吃的,接风洗尘!"

晚间,三姨果真做了一大桌好菜,又邀了张白术一家,一群人其乐融融地在一起吃饭。

萧予安和张白术一言不合开始拼酒,谁也不服谁。

杨柳安躲闪不及,被萧予安和张白术一把拽过去,一起喝了起来。

张长松在一旁捋着胡子骂:"小兔崽子,都少喝点。"

三姨挨个给他们夹菜,笑眯眯道:"来,多吃菜。"

林参苓抱着小家伙,看了一眼正在仰头一碗干的张白术,对萧予安微微笑道:"萧公子,我之前从没见白术这么开心过,都是因为你回来了。"

萧予安感慨:"嗯,不多说了,喝!"

很快,三个人就彻彻底底醉了。

张长松去给不省心的小兔崽子们熬醒酒汤,杨柳安靠着晓风月的肩膀闭眼睡着了,林参苓扶着神志不清的张白术给他喂清水喝,三姨将小家伙抱进厢房哄睡觉。

萧予安趴在桌上扯着嗓子唱:"难忘今宵,难忘今宵,不论天涯与海角。"

人生不相见,动如参与商。

今夕复何夕,共饮此月光。

你瞧那别来沧海事,鸿雁寄信一晃数载。

如今久别重逢,一举累十觞,该醉!该醉啊!

宿醉的第二日,是头疼欲裂的清醒。

萧予安瘫在榻上挺尸，动也不想动。

忽地，有人敲门，然后推门而进，是晓风月。

晓风月端了暖胃的热米汤来，萧予安一骨碌坐起，笑着道谢，接过碗后一勺一勺地喝了起来。

晓风月问道："小主昨晚醉得厉害，现在可好？"

萧予安叨着勺子，含混不清地说："挺好的，没事。"

晓风月拿出一封信，递给萧予安。

萧予安愣了愣："这是？"

"这是前不久永宁公主寄来的，永宁公主以为小主还在桃源村。"

萧予安无言许久，伸手接过信。

信很长，写了很多事，春赏花、夏吃果、秋摘藕、冬戏雪，还有一句句问候。

萧予安看了好几遍，提笔想模仿周煜的口吻给永宁公主写封回信，却一句话也写不出。

"算了。"萧予安掷笔，"去西蜀国看看她们好了。"

萧予安在桃源村待了数日，给陈歌留了封何时何地会合的信，便踏上了去西蜀国的路。

西蜀国，花重锦官城。

萧予安虽然曾为西蜀国的君王，但是他很少回来，一来是不熟悉，没什么念想；二来是路途遥远，不想舟车劳顿。

如今四国统一，设郡县，西蜀国原来的都城改名为锦官城。

萧平阳和永宁便住在锦官城内。

虽说四国统一，但西蜀国仍以女子为尊，所以这里的高官名士也多为女子。

而萧平阳,便是锦官城的都尉,守护一方太平。

萧予安此次前来看望两个人,用的是萧郡王的身份,他也只能用这个身份。

锦官城的冬日虽然极少落雪,可依旧寒冷,随口一呵就是白雾缭绕。

马蹄声落在都尉府邸门前,萧予安揽紧身上的大氅,跃下马车,被府邸门前两名早已等候多时的丫鬟迎进府里。

穿过回廊,来到正厅,萧平阳便在那处候着。

萧平阳见萧予安走进,礼数得当地唤了声"兄长"。

"永宁呢?"萧予安张望。

"不急,坐。"萧平阳唤人端来茶水。

萧予安刚端起白瓷茶杯,就听见萧平阳问:"兄长,你是从桃源村过来的吗?"

萧予安点点头:"郾城有灾,我去救灾,路过桃源村,见到一人声称认识永宁,听闻我要来西蜀国寻你们,便让我替他带封信给永宁。"

说着,他拿出一封信。

为了写这封信,他苦思冥想了好几天,总算磨出了一封。

如今在两名公主面前,只能用萧郡王的身份,便不得不扯谎了。

萧平阳接过信,见信笺上落款"周煜"二字,眼神一瞬变得复杂起来。她抬起头,看着萧予安轻声说:"兄长,我都知道了。"

萧予安正端茶喝水呢,一瞬间被呛个半死,瞪着双眼问:"你都知道什么了?"

萧平阳将信放下,说:"我知道北国君上被刺死之事。"

萧予安沉默下来,等萧平阳后话。

想想也是,萧平阳如此八面玲珑的一个人,怎么可能会不知道这么大的事。

萧平阳继续道:"但是永宁不知此事,她一直以为北国君上在桃源村,所以我希望兄长见到永宁时不要说漏嘴。"

萧予安隐隐猜到什么,问:"所有的消息,都被你拦下了?"

萧平阳点点头。

萧予安又问:"倘若有一天没拦住呢?"

萧平阳看向萧予安,目光依旧平静:"若真有那日,我也相信永宁会熬过去的,她比你们想象中的要坚强。"

晚些时候,萧予安见到了永宁公主。她一身素净白裳,显得端庄了不少,笑起来时仍见初识的灵动。

三人在锦官城游玩数日,陈歌从桃源村匆匆赶来,寻萧予安回北国。

萧平阳和永宁还想挽留萧予安,萧予安笑道:"不留了,该回去了。"

小村隐居乐至闲,闲云野鹤见南山,是悠然自在,也确实无拘无束。

可他想回去了。

一路风尘仆仆,紧赶慢赶之下,陈歌一行人总算回到了北国。

皇宫设宴,救灾的将士们被召至大殿,面见圣上,有功则赏。

筵席散场,晏河清匆匆往回赶。上午他和大臣们商议朝政,没能给萧予安接风,所以二人一直未碰面。

谁知晏河清回来后,却找不着萧予安。

晏河清询问数人,竟无一人知晓萧予安去了哪里,他不由得轻轻地蹙起眉。

添香忽而想起什么,对晏河清道:"皇上,今天是二月廿八……"

二月廿八，冬末春初，时而落雪，时而未落。

天坛山腰，苍青松柏旁，有一座坟冢。

萧予安正半跪在地上，给坟冢除杂草，昏鸦斜阳，天边霞光绚烂。

拔完杂草，萧予安拍拍满是泥土的双手，往坟冢旁一坐，双手撑住后脑勺，然后对着坟冢笑道："我又来啦。

"今年冷得早，最近都没怎么落雪，不过添香说肯定有倒春寒，还要冷上一阵。

"说起添香，你应该不希望她入宫，可我之前问她，她说不想出宫，我便没劝。不过你放心，有我在，绝不会让人欺负她。

"对了，我去桃源村了，大家都挺好的，我还去西蜀国看了平阳和永宁。

"我也不知道你会不会嫌我唠叨，你要是嫌我吵，就托个梦给我，下次我便少说两句。

"好了，我走了，下次再来看你。"

萧予安起身，拍了拍身上的泥土，往山下走去，夕阳渐落，崎岖的山路开始变得难走起来。

天色晦暗，萧予安看不清路，走得极慢。眼见马上就到山脚了，路遇深坑，他一脚踏空，踉跄前扑，摔倒在地。

萧予安四仰八叉地躺在地上，好半天才缓过来。他拍去磨红了掌心的碎石，以手撑地想要站起来，谁知膝盖传来钻心的疼痛。

他定睛一看，发现右腿膝盖方才不小心磕在了大石头上，疼就不说了，还隐隐渗出血。

萧予安懊恼地叹了一声，苦闷地揉乱自己的头发。他想着不能一直躺在这里，于是拖着伤腿找了两根还算直的枯枝，夹住受伤的膝盖，又拿衣带绑紧，而后扶着一旁的大树，费劲地站起，一点一点地往山下挪去。

走了两步，伤口摩擦布料的感觉越来越明显，疼得萧予安几乎走不了路。他正无奈哀叹之时，前方忽然有火光一晃。

有人提着灯笼找来了。

添香见萧予安这副惨样，不由得喊出声："哎呀，萧郡王，您怎么又把自己弄成这副模样啊？"

"又……我也不知道怎么老是撞见这种事……我真是太难了。"萧予安长吁短叹。

在添香的搀扶下，萧予安逃过了横尸山野的下场。

两个人费劲地走了一段路后，添香力气小，扶不稳萧予安。

萧予安膝盖的伤也越发严重，都快肿成馒头了。

夜渐深，天渐寒。

添香知晓以他们现在的速度，等回到寝宫，估计都翌日早上了。

正好两个人经过一座亭子，添香对萧予安道："萧郡王，您在前方那座亭子里坐一会儿，我去看看周围有没有侍卫，唤他们来帮忙。"

"好，你别急。"萧予安嘱咐。

添香点点头，扶萧予安在亭子里坐下，然后小跑去寻人。

二月廿八，天寒地冻。

萧予安坐靠在亭子里，口中呵出白雾暖手，忽而一阵冷风吹过，一点晶莹雪白的琼芳落在他手中。

"啊……"萧予安抬头望去。

落雪纷纷。

与此同时，桃源村，张白术送走医馆里最后一位连连道谢的病人，关上门后伸了个懒腰，随后转头看去。

他看见小家伙正在林参苓怀中喊着爷爷，然后扑向张长松，一向严肃的张长松满脸慈爱。

249

也是这时,晓风月正伏案记账,杨柳安拿外衣给他,他接过披在身上。

杨柳安看了一眼窗外,说:"下雪了,冷,早些歇息吧。"

"好。"晓风月点点头,起身去关窗。

窗户合上的一瞬——

西蜀国,一扇窗蓦地被推开。

永宁扶着窗棂,转头欣喜地对萧平阳喊道:"平阳,你看!下雪了!"

说完,她小跑出厢房,仰头迎着落雪,兴奋地转了两圈。

而另一个梦里,虞红袖劳累了一天下班回家,一打开门,度寒假的添香和弟弟便嚷嚷着迎了上来。

"姐!你回来啦!我和弟弟做了晚餐,快,开饭啦!"

"嗯,来了。"虞红袖瞧着热热闹闹的家,弯眸一笑,一身疲惫悉数消散。

也是此刻,谢淳归刚结束体能训练,正要回宿舍,忽而被兄弟一把揽住肩膀:"今天李无定队长执行任务立功了!走,给他庆功去!"

军区的操场上,全是风华正茂的少年郎。

仍然是信仰双肩扛,忠义放心上。

不同的是,他们的身后,是岁月流长,是盛世安康。

眼下,那点被风吹落在萧予安掌心的晶莹融化成水,而后踏雪而来的匆匆脚步声传来。他抬头看去,见晏河清正朝自己走来。

萧予安弯眸一笑:"晏哥,我不小心摔倒了,腿疼。"

"我扶你回去。"